Red Light District

背徳区、ゲイラン

Geylang

この物語はフィクションです。登場する人物・団体・名称等は架空であり、実在のものとは関係ありません。

背徳区、ゲイラン

鈴木傾城

† プロローグ

シンガポールの背徳区（Red-light District）、ゲイラン。

安宿の中で、以前に聞いた話が頭の中で浅い夢となって再現され、私はベッドの上で寝返りをうった。

ゲイランの連れ込み宿《バジェットホテル》で、ひとりの男がセックスワーカーの首を絞めて殺した。その男は死体をベッドの下に隠し、表に出て今度は違う女をまた同じ部屋に連れ込んだ。そして、死体がベッドの下にある中で女を抱いて、何食わぬ顔でゲイランから消えた。あとで連れ込み宿の経営者が死体を見つけた。しかし、警察を呼んだら、営業を停止しないといけない。連れ込み宿のまわりにいるセックスワーカーたちもビジネスができなくなる。女たちを管理している人身売買組織《エージェント》も金が儲からない。それで、連れ込み宿の経営者と、数人の女たちと、エージェントが死体を囲んで相談し、みんなで事件を隠蔽し、死体は海に捨てて何もなかったことにした……。

それが夢で再現されて、私はそれをぼんやりと見ているうちに目が覚めた。身体《からだ》がだるくて疲れがまったく取れていないように思えた。寝る前に壁を這っていたヤモリは消えていた。天井でファンが回っているが効いてない。

目の前に、この話を私にしてくれた褐色の肌の女が寝息すら立てずに寝ている。

部屋はうだるように暑かったが、彼女は汗ひとつかいていなかった。

薄暗い中でよく見ると、彼女の極度に痩《や》せて落ちくぼんだ目の下に、異様なまでの黒い隈《くま》が縁取っていることに気がついた。前からそうだったのか、今朝からそうなのかはわからない。それが彼女の顔を破壊的に見せていた。

「シータ……」

私は小声で彼女の名を呼ぶが、彼女は起きない。

だから、私はじっと彼女の陰影の深い顔を見つめていた。それは、自滅的な生活が彼女の身体をひどくむしばんでいることと、もう彼女が肉体の内部に何か深いダメージを受けていることを意味していた。

その顔は、険悪で、凶暴で、ひどく冷酷な雰囲気を醸《かも》し出している。

しかし私は、彼女に狂おしいまでに惹かれていた。

「シータ……」

もう一度呼んでも反応がなかった。

まるで死んでいるかのようだった。

彼女はもう長らく極度に疲労困憊《こんぱい》だったのだ。

彼女はスリランカから来たシンハラ人だった。そしてゲイランに立つ女だった。もうこのとき、すでに私はシータを背徳地ゲイランから連れ出す決意を固めていた。だから、彼女の極度に痩せ細った身体や、彼女の荒廃が気にならなかった。女の身体を破壊する荒廃よりも、せつなく惹かれる気持ちのほうが強かった。

「シータ……」

もう一度彼女に声をかけたが、やはり返事はない。

「シータ？」

第一章　魅惑と不信

†　「背徳区」ゲイラン

背徳区ゲイランはシンガポールには違いないが、他のエリアとは様相が異なる。

ここは、殺伐としていて、うらぶれて、落ちぶれて、見捨てられたような空気が漂っている場所だった。きらめく摩天楼などはない。道には捨てられた果物の皮、タバコの吸い殻、紙くずが散乱し、痩せた出稼ぎ労働者の男たちが唾を吐く。

そして、妖《あや》しい女たちが待つ置屋《ブラゼル》があり、路上にも多くの女たちが立ち、こうした女たちを求めて、男たちもまた街灯の虫のように集まってくる。ゲイランとはそういう場所だった。

シンガポール当局は悪徳を排除せず、この場所に悪徳を巧妙に封じ込めた。必要悪は散らさないで一箇所にまとめ、その地域を公認した。

そうすることによってゲイランは背徳区（Red-light District）になるが、逆に他の地区は清潔でクリーンで道徳的な街になる。悪徳が嫌いな人間はゲイランの一角に近寄らなければいいし、悪徳が好きな人間はゲイランに沈めばいい。どちらにも選択肢を与えたのだから、シンガポール政府は賢明だ。

日本からシンガポールに入り、ゲイランにたどり着くと、私はすぐに適当なホテルに泊まって目についたレストランに入っていた。私の入ったところは『富華美食』という名前の店だった。ゲイラン地区にはレストランがあちこちにあるのだが、ここが一番安いのかもしれない。そこで黙ってマレーシア風の焼きそば《ミーゴレン》を食べていると、インド系の若いポン引きが声をかけてきた。

「女が欲しいか？」

「どこだ？」

「彼女だ」

男は少し離れたところに立っている女を指さした。

中国系の肌の白い若い女だった。

「彼女はいい子だよ。まだ二十歳なんだ。大陸の中国人《メインランド・チャイニーズ》でゲイランに来たばかりだ。名前はメイメイ。百ドルでいい」

私は黙って首を振る。

「欲しくないのか？」

「欲しくない」

ポン引きはすぐに去った。そして、隣の席で料理を食べている初老の男にも「女が欲しいか？」と声をかけていた。ゲイランは食事をしていても、ポン引きが女を売り込みにくる場所だった。しかし、誰もそれを奇異に思っていない。

ポン引きが客を探している間、当の彼女は所在なげにぼんやり立って、不安そうにまわりを見回している。ふと目が合ったが、彼女はすぐに目をそらした。しかし、すぐに横目で私をちらちらと見る。

シンガポールの華人（シンガポール国籍の中国系）たちは大陸系の女が好きなので、大陸から女たちがどんどん供給されている。彼女もまた、そのひとりなのだ。

白いくたびれたワンピースの服を着て、少し薄汚れたピンク色のスニーカーを履いた彼女を私はじっと見ていた。そのスニーカーは少女趣味のように見えたが、ピンク色が古ぼけているのが哀しく感じた。ストリートでビジネスする女で、こんなスニーカーを履いているのは彼女だけだろう。

　ポン引きは食堂で彼女の客を見つけられなかったので退散し、彼女と一緒にゲイランの奥に消えていく。すると、隣に座ってビールをちびちび飲んでいたインド系の男が英語で私に声をかけてきた。

「彼女の肌を見たか？」

「肌？」

「真っ白だった。中国の女は色が白くてセクシーだ」

　男はそういってビールを飲み干した。

「白い肌が好きなのか？」

「そりゃ、そうだ。黒い肌の女は美しくない。白い肌の女は美しい」

　男はビールを飲みながらしきりに唇を舐めた。

　そういう価値観を聞きながら、私はゆっくりと食事を終えて、ミネラルウォーターの水を一気に飲み干した。私自身は、メイメイという女の肌の色よりも他のことを考えていた。ゲイランでビジネスをした女は抜けられなくなる。彼女もまたそうなっていくのではないかと思ったのだった。

店を出ると、私もゆっくりとゲイランの奥に向かう。ゲイランの路地には何人かの女たちが見える。原色のサリーが翻っているので、インド系の女たちであるのが遠目でもわかる。彼女たちは暗い路地に溶け込むように立っていた。淫靡《いんび》で、陰気で、ひっそりとした暗さに包まれた空間だった。

快楽を探して闇に吸い込まれていく男たち。客を待つ女たち。

私もまたその暗闇の中に入っていった。この堕落した空間がたまらなく好きだった。そこでは黒い肌のインド系の男たちが明かりもない路上で足をとめ、ベッドにつれていきたい女を探して目を凝らしている。彼らもまたインド系である。

男が女を見つめる目と、女が男を見つめる目が、闇の中で無数に交差した。闇に黒い肌が溶けて、眼球の白い部分が目立つ。そして曳光弾のような軌跡を描き、赤い残光を残すタバコの火があった。

ここは女たちの戦場だな、と私は何となく思う。

「女たちの死屍《しかばね》が累々と重なる戦地だ」

ゲイランは置屋《ブラゼル》が密集する地域である。ブラゼルは少なく見積もっても六十軒はあるだろう。しかし、ブラゼルだけではなく、道ばたに立つ女たちもいる。数も多い。

そこには、さまざまな国籍の女が立っている。

その中で、圧倒的多数を占めているのはタイの女たちだった。インドネシアから密入国してきた女も大勢混じっている。

そして、エキゾチックなインドやスリランカの女たちもいる。その中には思わず魂を奪われそうな美しい女が混じっていることもある。思索するような彫りの深い顔、豊かでよく梳かされた美しい黒髪、ゆったりとしたサリーが包み込んでいる豊満な肉体。ほとんど何も見えないような暗闇の中で女は男を待っている。

そこにシータがいた。

ゲイランに、ふさわしい女が……。

†　侵略者

はじめて会ったとき、彼女は冷たい目をして男たちを見ていた。壁にもたれてタバコを吸い、両腕を組み、けっして笑みを浮かべなかった。その目には敵意のようなものもあったかもしれない。

彼女にとってセックスワークとはそんなものだったのだろう。いつだったか、セックスワークのことを「敵と寝る（Sleeping with the enemy）」と私に表現した女もいたのを思い出す。彼女は一緒に寝る〝敵《エネミー》〟が声をかけてくるのを待っているような態度であった。

細長い小さな顔に大きな眼があって、その眼がじっと私を見ていた。この男が客になるのかどうか、金を払うのかどうか、冷徹に観察している目だ。

彼女は笑みを浮かべなかったが、私も笑みを浮かべなかった。

しかし、私は急激に彼女に惹かれた。他の女たちはサリーやパンジャビードレスを着ていたのに、彼女だけは身体にぴったりと張りついたTシャツとジーンズだったので異質だったこともあるかもしれない。それだけで、彼女はまわりに迎合しない女であることが見て取れた。

そして、彼女が全身から発している暗いオーラも強烈だった。

孤独な影が彼女にまとわりついているかのように感じられた。しかし、その孤独は、無気力や閉鎖感を現すものではなく、鋭い目の奥にある強靭な精神性のようなものを感じさせるものだった。内に何か秘めているような女だった。危険かもしれない。だから彼女には一瞬で惹かれた。

私は彼女の前に立った。

「いくらだい？」

彼女はすぐに答えなかった。

タバコを一度大きく肺に吸い込んで、白い煙をゆっくりと吐く。肺を通り抜けた煙が大気に拡散する。そして、挑戦的で、深くて、それでいてどこか投げやりな目つきで私をじっと見すえた。

「三十ドル」

英語で吐き捨てるように、彼女は値段をいった。

ひどく安かった。

なぜなら、シンガポールではインド圏の女の褐色の肌は価値が低いからだ。彼女たちの肌の黒さは、華人の許容範囲を超越してしまっていたのだ。だから彼女たちは華人の男たちからほとんど相手にされなかった。やって来るのは安い賃金に甘んじている同じインド圏の出稼ぎ労働者たちばかりだ。

そのため、彼女たちは、ゲイランの最底辺《ボトム》にいて、最低価格に近い値段でビジネスをしていた。下層扱いされているセックスワーカーの中でも、さらに貶《おとし》められ、追いやられ、どん底にまで落とされているのが、インド系の女たちだった。

彼女がこちらを見つめるのと同様に、私もまた彼女を見つめていた。闇の中で、私たちはお互いに相手を見つめ続けていた。私たちは少しの警戒と、少しの値踏みと、少しの期待を持って、相手を見つめていた。

私は名前を聞いた。

彼女はすぐに答えず、ふたたびタバコを吸って煙を吐き出した。

「シータ《Seeta》よ」

彼女は典型的な美人ではない。しかし、たしかに美しかった。小さな顔の輪郭や、彫りの深いくぼんだ目、そしてそれを包む三重から四重に折り畳まれるまぶた。そんな小さなアーリア系としての特徴がすべて蓄積されたとき、その印象は美しいと私に感じさせるのだった。魅力的で、思わず吸い込まれそうだ。

シータは、聞かれた以外のことは何もいわなかった。しかし、私を拒否しているわけではなかった。それは、私からそらさない目でわかる。

だから私は、彼女の待っている言葉をいった。

「俺と部屋にいけるかい？」

「ＯＫ了《ラー》」

彼女はシンガポール人ではないが、シングリッシュを話していた。

「射精一回《ワン・ショット》のみよ」

「ＯＫ了《ラー》」

私もシングリッシュで答える。

「場所はそこよ」

シータは私のうしろの汚い建物を指さした。

場所などどこでもいいので、もう一度「ＯＫ了」と答える。

シータはタバコを捨てて踏みにじった。交渉は成立した。

このゲイランの暗い小径《ストリート》、私がシータを見つけたストリートで、インド系ではないのは私だけだった。そのせいか、私がシータと連れ込み宿に向かおうとしていることに、スリランカ人、シンハラ人、ドラヴィダ人、タミル人、私のまだ知らないインド系の顔をした男と女がみんな凝視していた。

なぜ私が華人の女や、あるいはタイの女、インドネシアの女を選ばずに、人種的にまったく違うインド系の女を選ぶのか、彼らは不思議に思っているのだった。彼らがいろいろな思いを巡らしているのが表情でわかる。

彼らが最後にどういう結論を導き出したのかまでは、うかがい知れなかった。しかし、確実にいえることがあるとしたら、私とシータは不似合いな取り合わせだということである。

シータと共に中に入ろうとすると、入口にたむろしていた二人のインド系の男が急に私の前に立ちふさがって、じろじろと顔を見た。

ふたりともＴシャツとジーンズだったが、ひとりは真っ赤なＴシャツで腕には髑髏《どくろ》タトゥーが入っていた。もうひとりはイギリスの国旗がプリントされた黒のＴシャツを着ている。

「ここに入るのか？」

髑髏タトゥーがいった。

「だめなのか？」

「だめだとはいってない」

「おい、シータ。お前はこの男とファックするのか？」

黒のTシャツの男が急にシータに向かってそう尋ねた。

髑髏の男がそれを聞いて笑う。

「おい、シータ。お前は俺たちとファックしたばかりなのに、またこの男とファックするのか？　ファックが好きだな、このメス犬《ビッチ》」

シータは何も答えなかった。

タバコを捨てて、私の片肘を取って黙って中に連れ込む。

彼らは私を歓迎していないのだった。

男たちの深い眼窩《がんか》の奥で光る瞳には、インド系ではない私に対する悪意があった。

その悪意が意外に根深いことに気がつくのはずっとあとの話だ。歓迎されていないのはわかっていたが、憎まれているのには気がつかなかった。

このときはまだ……。

シータが私を連れ込んだ連れ込み宿は、インド系御用達の場所になっていた。古く、汚く、狭く、ごちゃごちゃしている。濡れた洗濯物のにおいと、華人が好む線香のにおいと、中華料理の食べ残しのにおいが漂っている。内部は電気がついていたにもかかわらず、光量が足りないので薄暗かった。

部屋数は二つしか見あたらない。

そして、そのどちらの部屋も使用中だったので、私とシータは部屋の廊下に置いてあった壊れかけのイスに座って空くのを黙って待った。部屋の中で〝ビジネス〟が終わるのを私たちは待った。

耳を澄ましていると、シャワーを使う音や、男女がいい合っているような声が聞こえる。セックスの最中ではなく、それが終わってあと片づけをしている途中であるのは音でわかった。つまり、部屋の中の音は筒抜けになっているのだった。

シータはまたタバコをくわえて火を点ける。

そして、急に振り向く。

「今、三十ドルをちょうだい」

彼女はそういいながら手を差し出した。

私が現金を渡すと、彼女はやってきた連れ込み宿の経営者に十ドルを渡す。男は四ドルをシータに返した。シータが払った金は部屋代で、女たちは一回ビジネスするごとにこの経営者に金を払う仕組みになっているのだった。この薄汚く汚れた部屋の使用料は六ドルというのがわかる。

ということは、一ショット二十四ドルがシータの取り分ということになる。タイの女は五十ドルから百ドル、中国大陸から来た女は百五十ドルから二百ドルであることを考えると、シータが一回のビジネスで手に入れる金というのは、絶望的に安い。それほどまでに、インド系の女は評価されていない。

部屋はすぐに空いた。

出てきたのはインド系の男女で、女は無表情を装い、男は満足そうな笑顔を浮かべていた。出てきた男は、次の客がイスに座って待っていることと、私がインド系ではないことに気がついて驚いた顔をした。私とシータを交互に見る。明らかに、この男も私たちの組み合わせが気に入らない表情を浮かべていた。私が人種の垣根を越えてシータを選択しているのが気にさわるようだ。

しかし、そんな表情はほんの一瞬だった。

次の瞬間には抱いた女を追いかけて男の姿も消えた。

その一瞬でも私は忘れないだろう。それは侵略者を憎む憎悪の感情、受け入れがたい現実と、殺意だったからだ。たしかにそのような感情で満たされていた。私の選択は、この男には侵略と映ったようだった。

シータを選んだことによって、私は侵略者になっていたのだった。

部屋のベッド・メイキングはずいぶん手抜きで行われた。

私とシータは急かされるように部屋に入る。さっきまで、知らない男女が刹那的な快楽をむさぼっていた場所だ。暗く、狭い部屋には、ベッドだけがポツンと置かれていた。ベッド側の壁には、ゲイランの連れ込み宿ではお約束のようになっている鏡が一面に貼られていた。

私は鏡を見たが、シータは鏡を見なかった。

彼女はベッドわきの灰皿でタバコを押しつぶすと、私が何もいわないうちから淡々とジーンズのジッパーを下げて、小さな花柄のショーツだけになった。かろうじて花柄が残っているのがわかるショーツだった。色が落ち、変色してしまった履き古しの布だ。長い間に生地が薄くなって、ほとんど地肌の黒さが透けて見えるようになってしまっている。シータが節約しながら生活しているのが見えるようだった。部屋の場末な雰囲気と共に見ているとわびしさが募った。

シータはそのままベッドにあがると、今度は黙ってその陰部を隠していた布を脱いだ。私がまだ服を脱いでもいないのに、シータといえばもう仰向けになったまま両足を広げ、すっかり臨戦態勢に入っている。タンクトップは着たままだ。

セックスワークは仕事だと割り切っているのが、態度によく表れていた。

私はゆっくりと服を脱ぎ捨て、静かにシータに寄り添った。

「これは脱がないのかい？」

私は彼女のタンクトップを触った。

彼女は大きな目でじっと私を見つめる。

「脱いで欲しい。見たいから」

「ＯＫ了」

彼女は、すぐにブラジャーと一緒に取ってくれた。

痩せた身体にしては意外に形良く豊かな乳房だった。私は彼女を抱擁《ハグ》し、それからゆっくりと乳房に触った。シータは不思議そうに、ずっと私を見つめている。

「どうかしたのかい？」

「何でもないわ」

彼女はそういった。

私は首を傾げて彼女を見る。

本当に何でもないのだろうか。そうは思わなかった。シータは私に対して何かしらの違和感を感じたのは間違いなかった。その違和感の正体が何なのか気になったが、シータはそれを私に説明するつもりはないようだった。

私はもう一度シータを包み込むように柔らかく抱擁し、彼女のタバコのにおいがする髪に顔をうずめた。アンダーグラウンドの女の身体が愛おしかった。シータは相変わらず、私を見つめ、いまや動揺したような表情になっていた。私に対して、何らか疑惑を持ったようだった。

「どうかしたのかい？」

私が改めて聞くと、彼女は慌てて表情を消して何でもないフリをした。

「何でもないわ」

ふたたび彼女は答える。自分にそういい聞かせるように見えた。

いったい、シータは何を思ったのか、私にはまったく推測できなかった。しかし、彼女が私に対して違和感を持ち、混乱し、警戒しているような気持ちになっているのだけはわかる。

私たちは、あまり言葉を交わすこともなく、淡々とセックスをした。シータは事務的だったが、私も慣れきっていたので惰性だった。お互い、行為に関してはまったく何の感慨もなければ思い入れもなかった。このとき、私も快楽を感じていたのかも覚えてない。ただ、彼女が私に感じた違和感が何だったのか気になっていた。

シータが軽く咳をして上半身を起こした。

私も上半身を起こして軽く彼女の背中をさすって「大丈夫かい？」と尋ねると、彼女は静かにうなずいた。

「問題ない」

それからシータはゆっくりと立ち上がった。彼女はふり返り、全裸のまま私をじっと見つめたが、彼女が何を考えているのかは読み取れなかった。何となく噛み合わない空気だったが、私を拒絶しているわけではない。それは、たしかだった。

「教えてくれ。何を考えているんだい？」

「何も考えてないわ」

彼女が何かを思っているのは間違いないが、彼女はそれを私にいうつもりはないようだった。私もそれ以上深追いはしなかった。

シータが最初にシャワーを浴びにいき、次に私がシャワーを浴びた。

私たちは黙々と服を着替えてドアを開ける。

ドアの向こうには、もう見知らぬ男と女が部屋が空くのを待っていた。インド系の男と女で、男が女に抱きついて服の上から胸を揉んでいた。それを女は空虚な顔で受け入れている。そんなものを見ながら、私たちは部屋を出た。

連れ込み宿の入口で私たちは儀礼的に握手する。シータは無表情だったが、目が合うと眉毛を大きくあげて敵意をないことだけを示した。

私が去ろうとすると、彼女は不意に私の腕をつかんだ。

「また、来るの？」

それは、また来てほしいという意味だったのか、それとも単なる事務的な確認だったのか、シータはあまりにも無表情だったので私にはわからなかった。しかし、彼女の心に私の何かが「引っかかった」のは強く感じた。特別、何かがあったわけではない。私の何が彼女に印象を与えたのかは最後まで謎だった。

「わからない。また来るのかどうか……」

私がそう答えると、シータはつかんでいた腕を離した。

私たちの視線が交差する。彼女の印象が余韻となって私の脳裏を満たした。

† ただの客

翌日、ロロン十六という通りの、安い食堂で食事を取った。

ロロン十六にも、ずっと奥に向かったところ、方角でいうと南側にビジネスをする女たちが立っている。ここは圧倒的にタイの女が多いエリアだった。彼女たちを見ていると、はじめてゲイランで抱いた女のことを思い出した。

「たしか彼女も、このあたりでビジネスをしていたはずだ」

私はそれを思い出す。彼女はタイ東北部《イサーン》から来た女だった。行為が終わると、寂しげに天井を見つめてため息をついた。部屋に張り巡らされた鏡をけっして見ることはなく、ただ天井を見つめていた。そこだけが鏡がなく、自分が抱かれている姿を見ることがなかったからかもしれない。

連れ込み宿の鏡は、女の肉体を男たちが見るための道具だった。彼女に限らず、女たちは男に抱かれている最中は鏡を見ることはほとんどない。そういえば、昨日のシータも部屋に入ってからは鏡を見なかった。

私はそれに気づいていた。

ここの女たちは自分が見知らぬ男に抱かれている姿を、わざわざ鏡で客観的に見る必要などない。それは「ただの仕事」でしかないからだ。そして、その仕事は早く終わってほしいと思っている。だから、鏡なんか見ない。

タイから来たあの女も、一日に何人も、何人も、何人も、ただ男に抱かれ続ける生活の中で、鏡のないところ、つまり天井を見つめるのが習わしになったのかもしれない。私がはじめてゲイランで抱いた女は、天井を見つめる女だった。そんなことを思い出しながら、私はホテルに戻って倒れるように寝た。夢も見なかった。

翌日の夜もゲイランを歩いた。ロロン十八から二十にかけては、入口側にインド系の女がいるものの、ここも全体で見れば、タイの女のテリトリーだった。若い、はち切れそうなタイの女が、エージェントやマネージャーという名のマフィアの監視のもとで、やって来る男たちに、かたっぱしから声をかけたり、秋波を送ったりする。そういうのを見ながら、私が向かったのはふたたびシータのところだった。

彼女たちのいるストリートはゲイランの中でもっとも暗いストリートであったかもしれない。路地裏で街灯がないので、建物から漏れる明かりと月の光だけが頼りなのだ。月が出ていない日はことさら暗い。ここだけブラックホールのような空間になっていた。しかし、そこに十数人もの女たちと、十数人もの男たちがうごめいてる。

暗闇に目を慣らしてから、その中でシータを捜そうとすると、ひとりの女が乱暴に私の腕をつかんだ。振り向くと、薄い茶色のパンジャビー・ドレスで、ゆったりと大柄の身体を包んだ見知らぬ女だった。

彼女は媚びの含まれた笑みを浮かべていたのだが、目が笑っていない。

「私、カルナニティよ。ジキジキ、どう？」

「いや、俺はシータに会いに来たんだ」

「彼女は忙しいわ。私はフリーよ」

カルナニティは親指で連れ込み宿を指して私をうながす。

「あなた、ハンサム。好きよ。ブロージョブしてあげるわ」

「やめておくよ」

すると、彼女は私の耳元に口を寄せた。

「シータはここじゃ嫌われてるよ。シータは悪い女だから。人の金を盗んだり、男を騙したりする。今までたくさんの男を騙してきた。友だちも騙す。すごく性格が悪いんだ。やめたほうがいいわ」

「放っておいてくれ。君には興味ない」

「そうかい。じゃ、帰りな！」

カルナニティは一瞬で愛想笑いを捨てて踵を返した。

ここにいる女たちは、男が自分に関心がないと知ると、瞬時に男を憎む気性がある。それくらいの気性でないと路上でのビジネスはやっていけないのかもしれない。

昨日、シータが立っていたところには別の女がいた。私が立ちどまって暗闇に目を凝らしていると、急に私の足元に火のついたタバコが転がった。その赤い火の軌跡の残像を追って振り返ると、そこにシータが立っていた。

「シータ……」

私が呼ぶと、彼女は無表情のまま、ほんの小さくうなずいた。

私たちはまったくの無言で、昨日と同じ連れ込み宿に入った。今日は私の邪魔をする髑髏《スカル》タトゥーを入れた男とその仲間はいなかった。しかし、中に入ると相変わらず二室は使用中で、私たちは壊れかけのプラスチックのイスに座って待つしかなかった。

「今日は、あのタトゥーの男たちはいないのか？」

「今日はいない。でも、お金ができたらまた来る。たぶんね」

「彼らはインド人かい？」

「バングラデシュ人よ。ここに来るのはバングラデシュの男が多いわ」

それからシータは声をひそめて私に忠告した。

「彼らがいたら、あなたは帰って。彼らは不法滞在《オーバーステイ》していて、お金がない。お金がない男は危険だから。お金がない男は、お金のために何でもする。何でもね」

私はうなずく。金がない男が危険なのは、私もよく知っていた。


部屋が空くと、私たちはやっと二人きりになる。

「また来てくれたのね？」

「会いたくなったんだ。君が気に入った。好きになった」

私はシータを服のまま抱擁《ハグ》し、そのままじっとしていた。

「私のどこが好きなの？」

「好きになるのに理由はいらないよ」

私が答えると、彼女は肩をすくめた。

「あなたは変わってるわね」

私たちは急いで服を脱ぎ、安いベッドの上にゆっくりと倒れ込んだ。

私が彼女の乳房にそっと触れると、シータは頬杖をついて私を見た。

「私は子供がいるから、ミルクが出るのよ」

シータはそういって私の反応をうかがった。

しかし、シータは子供を生んだような身体や乳房には見えなかった。妊娠線はなかったし、乳輪も大きく広がっておらず、乳首もそれほど大きくなっていなかった。女が過去に子供を産んだのかどうかは妊娠線が教えてくれる。改めてシータの身体を見たが、彼女の乳房や下腹部には妊娠線もなかった。彼女が何もいわなかったら、私は気がつかなかったままだろう。

「本当に子供がいるのかい？」

私が疑わしそうにいうと、シータは自分で自分の乳首を絞り、白いミルクを少しだけ出して見せた。驚いていると、シータは疲れたような顔に少し笑みを浮かべた。笑みにもいろんな感情がある。シータの笑みは自分の状態を他人に理解されたくないために浮かべた笑みように思えた。だから、とても暗い笑みだった。

「飲んでみる？」

私はしばらく考えて首を振った。

母乳は血液と同じであることを考えると、それは迂闊《うかつ》には飲めなかった。それは白い血液である。彼女がＨＩＶのキャリアなら、この白いミルクの中には高濃度でＨＩＶウイルスが存在しているはずだ。もし、私が彼女の母乳を飲むときがあるとしたら、彼女のために死んでもいいと思ったときだ。

インド圏は、タイ・カンボジアと同じで、恐るべきエイズ大国であることを私は知っていた。そして、シンガポールのセックスワーカーもまた、エイズに冒されている女が出稼ぎにやって来ているということもよく知られていた。

最近、セックスワーカーがホテルで子供を産み落として逃げたという事件があったのを思い出す。タイから来た女だった。彼女は客の子供を身ごもり、ホテルでその子供を産み落とした。そして、子供を捨てて逃げた。シンガポール当局が調べると、その子供はＨＩＶに感染していた。母胎感染である。つまり、彼女はエイズにかかったままビジネスを続け、子供を産み落としたということになる。

エイズがここでも蔓延しているのを知らしめる事件だった。

シータとジキジキが終わったあと、ふたたびシータと長い抱擁《ハグ》をした。

このとき、シータから険しい表情が消えていた。

「あなたは、変わってるわね」

シータは、ふたたびつぶやいた。

「ゲイランにはたくさんの女がいる。私よりも若く、私よりも肌の白い女の子がたくさんいる。中国人やタイの女の子はとてもキュートだわ。あなたはインド人じゃないんだから、彼女たちとファックできるのに、どうして私なの？」

「好きになるのに理由はいらない」

私はもう一度そういった。

「君はインドから来たのに、ここに赤をつけていないね」

私は話をそらし、シータの額を指さした。

インドの女たちが額の真ん中につけている赤い丸い印を何というのかわからなかったので「赤」と伝えたがシータには通じた。

「ビンディーね。あれはヒンドゥー教徒のもの。私はヒンドゥー教徒じゃない。私はスリランカから来た仏教徒よ」

ヒンドゥー教徒と思われるのが嫌なのか、彼女は無意識に強い口調になっていた。

私たちは服を着替えて部屋を出る。

ドアの前の安っぽいイスには、すでに次の客が待っていた。

インド系の若い男が逃げないようにしっかりと腕を組んで座っていたのは、血のような赤い口紅をつけて、手首に光り物の腕輪《リング》を何重も巻いた女だった。女は私とシータを凝視するように見た。

「あら、シータ」

彼女はシータに声をかけた。シータは「カーラ……」と答えた。カーラという女はじろじろと私を見て、それから私の理解できない言葉で二人で素早く何か話していた。

そして、シータは私と共にこの連れ込み宿を出る。

「あなたは何者なのか、カーラは聞いてたわ」

「何て答えたんだい？」

「ただの客だと答えた」

ただの客か……。私は苦笑いする。

「あと、お金持ちかどうか聞いていた」

「何て答えたんだい？」

「知らないって答えた」

それからカーラは少し考えて私にいった。

「カーラは悪い女よ。みんなに嫌われている。気をつけて」

「わかった」

「カルナニティも信用しないで。悪い女よ。嘘つきなの」

カルナニティはカルナニティで、シータを悪い女だといっている。

「ここは悪い女だらけなのか？」

「そうかもしれない」

シータはタバコを取り出して火をつけた。

「また来るよ」

私がそういうと、シータはうなずいてタバコの煙をゆっくりと吐いた。

† からゆきさん

翌日、私はシンガポールの日本人墓地に向かった。

この墓地は、シンガポールの中心部から離れた場所に位置しており、静かな環境に包まれている。戦争中、多くの日本兵が激しい戦闘の中で命を落としたが、彼らの一部がここに眠っている。そして、ここには闇の歴史に消えていった女たちの墓もある。からゆきさんと呼ばれていた女たちである。

彼女たちの墓を見ていると、「こんにちは」と、うしろから声をかけられた。

振り向くと、七十代後半くらいだと思われる白いワイシャツを着た老人がいた。

「日本人の方ですか？」

「そうです」

「今、ご覧になっているのは、からゆきさんの精霊菩提です。日本がまだ貧しかった頃、島原からシンガポールやボルネオなどに流れ、現地で身体を売って生きる女たちがいたのです。彼女たちは次々と命を落としていったんですが、名もない彼女たちを弔うためにこれが建てられました」

「そうですか……」

「当時のシンガポールには彼女たちが働く妓楼《ぎろう》が八十二軒近くもありましてね、八百人近くの娼妓たちがそこにいたんです」

老人はそういいながら墓に手を合わせた。

「生きて日本に戻りたかったでしょうね」

私がいうと、老人は大きくうなずいた。

「国に見捨てられ、異国に葬られ、無念だったと思いますな」

「いつの時代も稼ぐために、出稼ぎにいく女たちがいますね」

「まったくです」

老人は静かに去っていったが、そのあとも私はからゆきさんの墓をじっと見ていた。

そして、私はいつのまにか、昨日会ったシータのことを考えていた。

「現代のからゆきさんなら知っている……」

私は無意識にそうつぶやいていた。

抱き終わってすぐに印象が消えていく女もいれば、逆に少しずつ印象が高まっていく女もいる。それが何に起因するのかわからない。自分の好みや、感情とは無縁に、うまく関係を持てたのか、持てなかったのか、そういうものとも無縁に、ある特定の女に関しては、時間がたてばたつほど、ゆっくりと印象が深まっていく。

忘れられなくなっていく。

存在感が膨らみ、やがて彼女のことだけしか考えられなくなる。

彼女のことだけしか……。

今、私の脳裏にはシータの、あの挑戦的な目つきがあった。あの深くて、投げやりで、憂いを帯びた目つき。アーリア系の血の混じった黒い肌の女の深い眼窩の奥で何重にも折り畳まれるまぶたや、モンゴロイド系アジア人の女にはありえない鼻の高さ、そして手足の長さが忘れられなかった。

しかし、それよりもシータの荒んだ内面の嵐が、私を惹きつけた。闇の中でビジネスをする女の底なしの地獄が、どっぷりと粘った心の澱《おり》が、堕落に明け暮れる私を惹きつけた。あとになればなるほど私の中で存在感が増す。

　シータはそんな女だった。

　真夜中がやってきた。

　私は少しためらいながらも、ふたたび昨日シータが立っていた場所へと向かった。しかし、彼女の姿はなかった。そばにいたサリーの女に聞いてみる。

「シータ？　知らない」

　彼女は言葉少な目に答えた。

「私とジキジキ《セックス》しない？」

　目が合うと彼女は眉をぴくりとあげた。

「それがあなたの望みなんでしょ？」

「やめておく」

　私がそう答えると、彼女は怒りを見せて道ばたにぺっと唾を吐いた。

「失せな」

彼女は悪態をついた。

相変わらず、私はここで歓迎されていない。しばらく待とうと思ったが、向こう側に真っ赤なＴシャツを着た髑髏タトゥーの男とその仲間もいるのに気づいた。男たちと歓談している女はカーラだ。真っ赤な口紅と手首のリングが遠くからでもよく目立つ。私が気づいたと同時に、彼らも私に気がついた。男たちが肩を怒らせるようにして近づいてくる。

「おい、また来たのか？」

「散歩だ」

私は答えた。

「シータに会いに来たのか？」

「シータ？　彼女はいるのか？」

「知らねえよ。帰れ」

男は私をにらみつけた。

私が男から目をそらすと、向こう側にいるカーラが私と男が揉めているのを見て嬉しそうに笑っているのが見えた。私が脅されるのを見て、よろこんでいるのだった。

そして、まわりにいる他の男たちと私を見つめながら何か話している。

カーラが動くたびに、彼女の手首に何重もはめられたアクセサリーのリングがカチャカチャと音が鳴るのが聞こえてきた。私がそれに気を取られていると、私を脅している髑髏タトゥーの男は私の胸を小突いた。

「帰れといってるだろう」

やれやれと思う。

ここで揉めても得るものは何もない。こうなったら長居できないので、私は何もいわず去るしかなかった。いろんな意味で、シータのいるこのストリートは私にとって危険なところになりつつあるのがわかった。

シータ以外の全員が私を嫌っているのが身に染みる。


ゲイラン・ストリートは東西に走っており、その北側が奇数ロロン、南側が偶数ロロンとなっている。女たちが立つのは、主に偶数側のロロンである。奇数側にはロロン十五あたりに立つ女もいないことはないが、数は少なく姿を見せないことも多い。奇数側ロロンに立つナンバー・ホテルに泊まっている女たちが、南側に移動するのも面倒で北側に立っているようだ。

　女たちのビジネスの中心になるのは、あくまでも偶数側の通りだ。ロロン四からセックスワーカーがぽつぽつと立ちはじめている。ロロン十、十二の通りを途中で切り裂くように走っているタルマ通りのあたりは、ちょうど今が旬の場所で、インドネシアの女を皮切りにタイの女、中国大陸から来た女が立ち、劣情に顔を上気させた華人の男たちを道ばたにあふれるほど集めていた。

　この日も華人が二十人ほど道ばたで輪になってひとりの女を囲んでいたので、のぞいてみると、やはり大陸から来た中国の女がひとりで見世物のように立っていた。私は彼女を見て、すぐに思い出した。

『富華美食』で食べているときに、ポン引きが売り込みに来ていたときの中国人の女だった。名前はたしか「メイメイ」だった。彼女は相変わらず彼女は白いワンピースの服を着て、少し薄汚れたピンク色のスニーカーを履いたままだった。もしかしたら、服はこの一着しか持っていないのかもしれない。

　彼女は大勢の男たちにじろじろ見られ、どうしていいのかわからないかのように、身を縮ませて立っていた。まだビジネスに慣れていない女であれば当然だ。いや、慣れた女でも居心地は悪いだろう。

私も男たちの陰からじっと見ていると、ふと彼女は私に気づいて「あっ」という顔をした。そして、彼女はじっと私を見る。彼女の感情が手に取るように見えた。彼女は救いを求めていたのだった。

なぜ、私だったのだろう。

恐らく、私が彼女にはまったく関心がないのが彼女にもわかっているので、それで逆に安心できたのかもしれない。

そうしているうちに、ひとりの太った中年の華人がポン引きと話をつけにいき、ポン引きはすぐにメイメイに手招きした。話がつくと、華人は彼女の肩に手を回してホテルに入っていった。ホテルの向こうに消えるとき、メイメイはもう一度振り返って私を見た。半泣きの顔になっていた。

そうだ、彼女もまた現代のからゆきさんだった。

† 狂犬の女

メイメイはゲイランに来た以上、ビジネスに慣れるしかない。

時間がたてば、いずれ彼女もいっぱしの女になるだろう。そうでないと、ここでは死ぬしかないのだ。

そうやってメイメイのことを思っていると、思考はいつしかシータのほうに飛び、やがて私が脅されているのを見て笑っていたカーラのことになった。

私はふと髑髏タトゥーの男たちをけしかけたのはカーラではないのかと思いついた。

私は彼女に何かしたわけではない。ただ、シータと一緒にいるところに彼女がいただけだ。カーラとはまったく何の接点もない。

そうであれば、彼女が私を排除しようとする動機はないはずだ。

いや、そうだろうか？

もしかしたら、シータが私と一緒にいるのが気に入らなくて、わざわざ私を排除しようとしたのかもしれない。シータと私が一緒にいたら、シータが儲かる。カーラはそういうのに嫉妬したのかもしれない。

何にせよ、嫌な予感がした。

シータにいわれるまでもなく、カーラは要注意だ。

そんなことを考えながら歩いていると、ゲイラン・フィールドのあるロロン十二に来ていた。ここでは網目の柵に寄りかかるようにして、三、四メートル間隔で女がひっそりと立っていた。

このあたりにいるのはフリーのセックスワーカーだが、客がつかない女が多い。彼女たちのほとんどは、あまりに歳を取り過ぎているし、そうでなければ容姿が崩れているか、もともと美しさとは無縁だったからだ。

彼女たちは柵に寄りかかるようにして、切実な目を向けてこちらを見ていたが、私が通り過ぎてもまったく声をかけてこなかった。彼女たちは自分が競争力のないことを自覚している。だから、積極的に誘ってこない。

そんなことをしても、男は邪険に彼女たちの誘いを振り切るか、あるいは怯えて見て見ぬ振りをするので無駄なのだ。

彼女たちは嫌われているのを自分でも知っている。男たちに邪険にされ、自信が持てないでいる。美しくない女はゲイランで引け目を感じて生きている。

あるいは、アルコールやドラッグで身を持ち崩した中年の女もここにいる。彼女たちは容姿が崩れているだけでなく、挙動がおかしかったり、目つきがおかしかったり、着ている服が汚れたりするので普通の男は寄りつかない。彼女たちを見ると、わざわざ道の反対側に避けて歩く男もいる。

　この日もそういう女がいた。

　虹彩がひらいているので目だけはギラギラと輝いているのだが、髪は艶もなくぼさぼさで化粧もしていない。三十代半ばくらいの華人の女だった。

　彼女は、男が嫌悪の感情を浮かべようが、憤怒しようが完全にお構いなしだ。執拗に、声高に、脅迫的に、男にからみつく。食らいついて離れない。狂犬のようだ。私が通りすがると、やはり私にからみつき、あれこれいってくる。

「ねえ、私を買ってよ。安くするわよ。コンドームなんてしなくてもいい。ブロージョブもＯＫよ。何でもする！」

　私は首を振って通り過ぎた。

　狂犬のようになった女は、すぐに別の男に同じことをいいながら向かっていくが、誰もが彼女に見向きもしなかった。それでも彼女はずっとここで立ち続ける。彼女に売れるものは、もはや自分の肉体以外に何もないので他にいくところがない。

　年を取り過ぎて客がつかない女たちも、彼女だけは遠ざけていた。だから、この狂犬のような女はひとりぼっちだった。

　そういうのを見ながら、ホテルに戻る。

　ベッドの上で、ひとりでぼんやりしながら、これからどうするか考えた。頻繁にシータに会いにいくのはいいが、あそこでシータ以外の全員に嫌われている以上、明日も明後日も連続していっているともっとトラブルが大きくなっていきそうだ。髑髏タトゥーの男もカーラも刺激することになる。

「少し、時間を置くか……」

　私は起きあがり、部屋の窓からゲイランの外の光景を見ながらそう考えていた。

†　悪い女は、悪い男を使う

その後、私はシンガポールからインドネシアへ向かい、それから、またシンガポールに戻って来た。

翌日には日本に帰国する予定だった。本当はシンガポールに戻らず、インドネシアから直行で帰るほうが楽なのだが、どうしてもゲイランに寄りたかった。シータに会いたかったのだ。

ふたたびゲイランの安ホテルに泊まった私は、陽の高いうちに眠りにつき、真夜中になると起き出す。ゲイランは相変わらずビジネスをする女たちと、そんな女たちに群がる男たちでいっぱいだった。ゲイランの本通りの食堂で華人に混じって遅い食事を食べ、ゲイランを野良犬のようにうろつく。

以前、メイメイが立っていたストリートにいってみたが、彼女はいなくなっていた。時間的に今はいないのか、違う場所に移ったのか、それともゲイランからいなくなってしまったのかはわからない。

メイメイがいなくなっても、ゲイランには新しい女が次から次へとやってくる。女の顔ぶれが変わっても誰も気にしない。

男が気にするのは、目の前の女だけでしかない。

そして、野良犬の私がおびき寄せられるように向かったのはインド圏の男女がたむろしているあの界隈だった。

　ロロン十八からロロン二十の裏道に立っているシータがいるところだ。

細い路地の暗闇に向かうとき、ひさしぶりに心が高揚していた。

暗闇の中には相変わらずインド系の男女が相手を探して人だかりしており、私もまたその中にまぎれ込む。闇は濃い。濃密な熱帯の黒である。シータの前に髑髏タトゥーの男や派手派手しいカーラがいないかどうか先に見てみたが、いないようだった。

　しかし、シータはどうだろうか。

　ここに来てはみたが、実際のところシータに会えるとは思っていなかった。あれから二十日もたっている。彼女は国に帰ったかもしれない。もし、そうだとしたら、当分戻って来ないだろう。

　ところが、そんな暗闇の中でひとりの女がじっと私を見つめているのに気がついた。

彼女からは、けっして声をかけてこない。

ただ、タバコを吸いながら私を見ていた。

あたかも、私が他の女たちを前にして、どういう行動を取るのか、じっと観察しているかのようだった。私が気づくよりもずっと早く、彼女は私を見ていたのだ。目が合うと、彼女はタバコの煙を吐き出しながら、煙が目に染みて片目をゆっくり閉じて開いた。それは意図的なウインクだったのか、それとも偶然そうなったのかはわからなかった。意図的な合図だったとしても、他の人間は気づかなかっただろう。

私は無表情で彼女の前に立つ。

「いくら？」

「三十ドル」

彼女はぶっきらぼうにいった。

「ＯＫ了」

私もぶっきらぼうに了承する。

シータは私を連れ込み宿に案内した。

「今日はギャングもカーラもいない。安心して」

私はうなずく。

部屋に入ると、シータは一転してよろこびを見せてくれた。

私たちはお互いに再会をよろこんで強く長い抱擁をした。

「もう来てくれないのかと思ったわ」

「一度来たんだが、あの男たちに追い出された」

「聞いたわ」

「カーラが一緒にいた」

シータは苦々しくうなずいた。

「俺は思うんだが、俺をここから追い出そうとしたのはカーラだったのかも。カーラがあの男たちに俺を追い出すようにいったのかもしれない」

「そのとおりよ。カーラは悪い女よ。そういうことをする」

シータは顔をしかめた。

「カーラは私もあなたも嫌いなの。あなたが何度もきて私ばかり選ぶので、カーラは嫉妬して壊したいと思ったのね。彼女はいつも私のことを陰で〝醜い《アグリー》〟と馬鹿にしている。彼女はアグリーな女は大嫌いで、アグリーな女は生きている価値がないといつもいっている。私は生きている価値がないということよ」

私はカーラの高慢な目つきを思い出す。

確かにカーラはこの界隈では美しいほうに入るのは間違いない。美しいだけでなく、あの中では一番派手で目立っている。それがゆえに、自分よりもアグリーだと思っている他の女が常連を手に入れて成功するのが許せないということなのだろう。

「間違いなく、嫉妬だ」

私はつぶやいた。

「あなたは、そんなアグリーな私ばかり選ぶ。彼女はそれが許せない。だから、悪い男を使ってあなたを追い払おうとしてるの。悪い女は、悪い男を使う。それがカーラよ」

「シータ、君はアグリーじゃない」

「本当？」

「ああ。アグリーどころか、とても美しいと思う」

シータはそれを聞いて、私に何度もキスをする。

「あなたは、カーラとは話もしないほうがいい。カーラは悪い女なの。トラブルになるだけだから」

シータはすぐに服を脱ごうとした。私はそれを押しとどめる。そして、彼女を服の上からしっかりと抱擁した。

「本当に、もう会えないと思ったわ」

「そんなことない。必ず会うつもりだった」

「早く服を脱がないと……」

「シータ。泊まりで君を俺のホテルに連れていきたい」

同意してくれると思ったが、意に反してシータは乗り気ではなかった。

「泊まりは高いのよ。エージェントはあなたに高額を要求する」

「そんなことどうでもいいさ」

「良くないわ、あなたはお金をロスするのよ」

「いいさ、それより君と一晩一緒にいたいんだよ。明日、シンガポールを出る。だから、どうしてもオールナイトで一緒にいたい」

「明日、シンガポールを離れるの？」

「そうなんだ」

「でも泊まりは高いのよ」

「問題ない」

彼女は私を説得するのをあきらめた。

部屋を出たあと、シータが連れ込み宿の私に待つようにいった。しばらく立っていると、坊主頭で人相の悪い四十歳くらいの痩せた華人が白い着古したランニングシャツ一枚でゆっくりとやってきた。

男はシータを見た。

シータは黙って火のついたタバコで私を指さす。

男は表情のない顔でじろじろと私を品定めして、どこのホテルの何号室に泊まっているのかを聞いた。男からアルコールのにおいがプンプンする。

「三百ドル払え」

男が高圧的にいうので、私は黙って払う。

「朝になったらシータを返せ。帰ってこなかったら、お前は終わりだ」

それだけいって、男はまたゆっくりと戻っていく。

男がいなくなったあと、私とシータはこの場所を離れた。

「あれがボスかい？」

「NO。彼はただの使い走り《メッセンジャー》よ。ボスは来ない」

「ボスはスリランカ人かい？」

「NO。シンガポール人よ」

シータと一緒にホテルに向かっていると、やはり路上にいるインド系の男たちが容赦ない目つきで私たちをじろじろ見てきた。理由はわかっていた。私たちは人種的に釣り合っていない、奇異な取り合わせに見えたのだ。

あからあさまな不快な表情を、彼らは隠そうともしなかった。

不穏な空気の中でシータと歩いていると、インド系の男のうちのひとりがわざとシータの肩に強くぶつかった。シータが無言で男を睨みつけると、男は嘲笑するかのような笑みを浮かべて、シータと私をじろじろ眺めた。

私が抗議しようとすると、シータがそれを押しとどめた。彼女は、まったくの無表情になっていた。彼女は怒っているのだが、その怒りを静かに封じ込めていた。それが彼女の性格であるのがわかった。

†　パスポート・カンパニー

私のホテルの部屋に入り、二人だけになる。

このときから、シータは本当の自分を私に見せてくれた。

それは、これまでとまったく違っていた。彼女は思いのほか饒舌で、人懐っこかった。最初に出会ったときは得体の知れない私に対する警戒もあったのだろうが、今は私を信じてくれているように見えた。

　私たちは二人でベッドの上に入り、服を着たまま、ただ抱擁して時間を過ごす。

「シータ。聞きたいことがあるんだ」

「何？」

「はじめて会った日、君はベッドですごく驚いた顔をして俺を見てた。覚えてる？」

「驚いた顔？」

「ああ。君はずっと俺を見てた」

「ああ、思い出したわ」

　シータは笑った。

「あのとき、何を考えていたんだい？」

「あなたは違う、ということよ」

「違う？　何が違うんだい？」

「あなたは優しかった。私はゲイランではじめて優しく抱擁《ハグ》してもらった。ゲイランにそんな男がいるとは思わなかったの。だから、すごく驚いた。本当に信じられなかったわ」

「そうなのか？」

「ゲイランに来る男はみんな乱暴なの。とくにインドの男はすぐに殴ったり怒ったりするから嫌い。でも、あなたは優しい。信じれないほど優しい。だから好きになった。あなたは他の人と違うように見える」

「君はインド人の男が嫌いなのかい？」

シータはうなずいた。

「ママはスリランカ人なのよ。パパはインド系スリランカ人よ。私はスリランカ人で、インドは好きじゃないわ」

シータはスリランカ人として、自分を定義していた。インド人とスリランカ人のハーフだとしても、彼女の中ではスリランカの血のほうが精神的に重い。

そういえば、シータは「自分は仏教徒だ」とかなり強い口調でいっていたときがあった。スリランカはシンハラ人の国であり、シンハラ人は仏教徒だった。だから、彼女にはそこにこだわりがあったのだろう。

「たしか、あの髑髏タトゥーの男はインド人じゃなくてバングラデシュだったね」

「ええ、あの男はバングラデシュ人で、イスラムよ。私たちの客はバングラデシュの男が多いの。バングラデシュの男も乱暴な男が多いわ。彼もそう。特別に悪い。お金を払おうとしない、コンドームを使おうとしない、女を殴る。他の客とケンカする。帰らない。最悪ね。刑務所にも入ったことがあるといってるわ。ケンカして相手を死にそうになるくらい殴ったらしいわ」

「根っからのワルだな」

「彼は不法滞在者だけど国に帰ろうとしない。帰っても仕事がないから」

どこの国でも真夜中の世界には、こういうチンピラまがいの男たちが集まっている。それだけではない。詐欺師も犯罪者もみんなやってくる。シンガポールは治安の良い安全な国ではあるが、それでもそういう男はいくらでも転がっているのだ。

シータを管理している「ボス」もそうだ。中国移民が作りあげていた二四義海金のような黒社会組織は法規制が厳しいシンガポールでは壊滅したが、それでも小さなグループが社会の底辺で活動していたりする。

こういう男たちに囲まれていると、ただの野良犬みたいな私はシータにとっては「ひどく優しい」ように感じても無理もない。

シータがキスしてきたので私は応えた。私たちはお互いの服を脱がせて、また行為を終えた。いつも時間に追われていてせわしなかったが、このときは違った。シータはリラックスしていて、はじめて満足できるセックスになった。

シータが再会を嫌がっている様子でもないのは、私には幸運なことだった。

行為が終わると、彼女はタバコに火をつけて、満足そうに煙を吐き出し、何度か咳をしてからしゃがれた声でいった。

「私、何日かスリランカに帰ってたの。数日前にシンガプル《シンガポール》に戻ったばかりなのよ。子供に会いたかったし、ママにも会いたかった。でも、ビジネスがあるので、ここに戻らないといけなかった。戻るのは、すごくすごく大変だった」

シータはため息をつく。

「何があったんだい？」

「スリランカ航空《エア・ランカ》で来たんだけど、飛行機のエンジン・トラブルで、ずっとバンコクでとまっていたの。一日中待ったけど直らなくて、バンコクのホテルで一泊したわ。疲れてしまった。早くシンガプルに入りたいのに、飛行機はぜんぜん動かない」

「シンガプルに出たり入ったりして大丈夫なのかい？」

異国の女がひとりで頻繁に出入国を繰り返していると、税関で疑惑を持たれることもあるに違いない。シンガポールで違法なビジネスをしているのではないかと疑われる。しかし、シータは得意げな顔をして私を見つめた。

「問題ないわ《ノー・プロブレム》」

そして、不意に起きあがると、持ってきたハンドバッグの中から茶色の表紙のパスポートを取り出した。

「私は、はじめてシンガプルに入ったことになってるの。今回が最初の入国よ」

彼女はパスポートを開いて見せてくれたが、たしかにスタンプが押されていたのは一回だけだった。私はパスポートの写真を見てみた。そこには今よりも太ってはいるが、間違いなくシータの写真が貼りつけてあった。

「これ、本当は私のパスポートじゃないの。友だちのパスポートなのよ。ほら、名前を見て。シータじゃないでしょ。写真だけ私のものと入れ替えてもらったわ」

たしかに名前は別の女性のもので「リーパ」になっている。このパスポートを見せてくれているシータにはまったく罪の意識はないようだ。

「誰がこのパスポートを作ったんだ？」

「パスポート・カンパニーよ。インドやスリランカにはパスポート・カンパニーがあるの。そこに頼めばやってくれるわ」

「パスポート・カンパニー？　高いのかい？」

「スリランカで作ったんだけど、シンガプル・ドルでいえば一千ドルくらいよ。あなたがパスポートを作りたかったら五千ドルくらいになると思うわ。あなたは、高くなる。だって、あなたはスリランカ人じゃないから」

「俺は日本人だけど、問題ないかい？」

そう尋ねると、シータは急にびっくりしたように目を見開いた。

「あらまあ《アポイ》！　あなたは日本人なの？」

考えてみれば、シータは私のことを何も聞かなかった。私も自分のことを何も話していなかった。シータは私について完全に無知だった。私は今度は自分のパスポートを取り出して、シータに見せる番だった。

「ほら《ルック》、日本って書いてある」

「本当ね！」

「これは本物のパスポートだよ」

† 一瞬の激情

朝になるとシータが起きてトイレにいき、ベッドに戻ってタバコを吸うのが気配でわかった。私は手を伸ばしてタバコを吸っているシータの裸の身体を抱きしめた。シータはタバコを灰皿で握りつぶし、ドアが開けっ放しになっている浴室に吸い殻を放り投げて捨てた。

「私の国じゃ、女はタバコを吸っちゃいけないのよ」

シータはつぶやいた。

「男は吸ってもいいの。でも、女はタバコを吸っちゃだめ。ママはものすごく怒る。だから私はスリランカじゃ隠れてタバコを吸うの。シンガプルに来たら、いつもオープンにタバコを吸うわ。シンガプルは大好き。あなたはタバコを吸わないの？」

「俺は君のミルクを吸う」

私はそういってシータの胸に顔をうずめた。

「いっぱい飲んで」

シータは笑う。

「君はシンガプルに住むことはできないのかい？」

「だめ、それはできないわ」

彼女は答えた。

「ママはシンガプルが嫌いなの。絶対にシンガプルに住まない。私はママと一緒にいたい。私の子供もママが見てくれている。だから私もシンガプルに住めないわ」

私たちはもう一度、深い関係を交わして一緒にシャワーを浴びた。

知らないうちに、浴槽の中にも、一本のタバコの吸い殻が落ちていた。シータは夜中に起きて、タバコを吸っていたのだろう。眠れていなかったのかもしれない。

私はそれを水で流し、身体を洗って浴室から出た。

シータが服を着替えはじめる。

「君はサリーを着ないの？」

彼女はそれを聞くと顔をしかめた。

「私、サーリーは好きじゃない」

「そうなのかい？」

「ジーンズとショート（ヘソ出しルックになるTシャツ）が好き。でも、国に帰ったら、サリーを着るわ。みんなが見てるから。私の国でこんな格好をしていると、何をいわれるかわからない。ママも、とても、とても怒る。でも、私はジーンズが好き」

　よく見れば、シータは伝統的なスタイルのすべてに反抗しているように見えた。

　彼女はサリーを嫌い、異国に飛び出した。そして、タバコを吸い、挑発的な服装をし、社会が求める貞淑な女のイメージ、あるいは典型的なスリランカの女のイメージをすべて破壊しようとしている。シータは自ら〝はみだし者〟になる方を選び取ったのだった。

「あなたは今度、いつシンガプルに戻って来るの？」

「わからない。三月かもしれないし、四月かもしれない。夏かもしれない」

　私は答えた。

「そうなのね」

　シータは私を抱擁した。

「ねえ、私はいつもあそこで立っている。あなたがシンガプルに戻ってきたら会える。

あそこに来てくれれば、私は立っているから。わかった？　私はいつも立っている。私のいっていること、理解できた？」

「理解できたよ」

「俺はシンガプルに戻ったら、あの場所にいく。君はそこに立っている」

それを聞いてシータはうなずいた。

「約束よ」

「ＯＫ了」

そんなことをいってくれるというのは、シータも私のことを気に入ってくれた証拠だった。私は一瞬、このスリランカ人をずっと自分のそばに置いておきたいという衝動に駆られた。このスリランカの女をひとり占めにしたいという欲望に我を忘れそうになった。一瞬の激情だった。

ひとり占めか……。

シータさえ望めば、それは可能かもしれない。

今までの自分をすべて捨て、偽造パスポートを作ってもらって別人に成り済まし、シータと一緒に暮らすのはおもしろいかもしれない。しかし、私は彼女を引きとめなかった。自分の心に生まれた激情を注意深く心の内にしまった。

「私、またあなたに会いたいの。ＯＫ？」

「ＯＫ」

「また会えるでしょ？」

「イエス」

私の返事はそっけなく、シータは少し不安を感じたようだった。少し躊躇《ちゅうちょ》したあと、

「じゃ、いくわ」と彼女はいう。私は黙ってうなずいて軽く彼女を抱擁した。そうやって、私たちは淡々と別れた。

本当は、もっとシータに対して優しい言葉をかけたほうが良かったのだが、自分の感情が一線を越えるのを恐れて私はわざとそっけない態度をしていた。

シータは部屋を出ていき、私は部屋に残る。シータがいなくなると急に部屋がみすぼらしく見えた。しかし、感傷にふけっている暇はなく、私は急いで空港に向かう準備をする。

泊まっていたこの安ホテルをチェックアウトするとき、私はホテルの経営者のよう

な華人の男に呼びとめられた。

「あんた、さっきまでインドの女を連れ込んでいただろう」

寝不足のような眼をした五十代を過ぎたホテル経営者は、やれやれと首を振った。

「ああいう女は良くないぞ」

「良くない？　どういう意味だ？」

私は聞き返した。

「インド人の女は良くない」

ホテル経営者は首を振る。

「よくあんな汚い女たちを抱けるな。奴らはほとんどがエイズだ。病気持ちだ。あんたは知らないんだろう。ただ安かったから、タイの女じゃなくて、インドの女にしたんだろう。わかる。あんたの考えていることはわかる。インドの女は安い。安くファックができる。しかし、奴らは良くない。肌もブラックだ。ブラック！」

「あんたには関係ない」

「あぁ？　関係ないだと？」

「それに彼女はインド人じゃなくて、スリランカ人だ」

「同じだ」

「同じじゃない」

「同じだ。どっちもブラックだ」

反論しようとすると、経営者は話にならないという顔でこういった。

「あんたが、安い女を抱こうと、エイズにかかろうと俺には関係ない。ただし、俺のホテルに二度とあんな女を連れてくるな。タイの女ならいい。タイの女たちはキュートだし、俺も好きだ」

男は歯をむき出しにして笑った。

「だが、インドの女だけはだめだ。やめてくれ。このホテルに、あいつらが出たり入ったりすると他の客が嫌がるんだ」

自分と反する意見は聞きたくないという態度が男にあった。

「二度とこの汚いホテルには泊まらないから安心してくれ」

私がそういって去ろうとすると、男はうしろから罵声を浴びせてきた。

「俺は日本人も嫌いだ！　帰れ、帰れ、帰れ！」

第二章　嫌悪と孤立

†　テロと、爆破と、死体

ときどき、日本でシータのことを思い出していた。

今までとくに気にしたこともなかったが、たまにスリランカのニュースが新聞やテレビで報じられていると、私は無意識に注意して聞くようになった。シータの存在は日増しに私の脳裏の大きな部分を占めるようになっていた。あのスリランカから来た女に、たまらなく惹かれていた。

そんなシータの国のニュースは、どれも血のにおいがした。暴力と殺戮のにおいだ。テロと、爆破と、死体のにおい。

国内の大多数を占めるアーリア系シンハラ族と、少数民族ドラヴィダ系タミル族との対立とその行方。そんなものが、スリランカのニュースのすべてを占めていた。この小さな国で、仏教徒と分離独立派が殺し合っていた。

日本にいて二ヶ月もすると、私はもう日本に飽きていた。

だから、私はふたたび日本を出ようと考えた。

私の脳裏にはシータの存在が深く刻み込まれていた。しかし、次もシータと会えるかどうか確証を持っていなかったので、シンガポールではなくインドネシアをメインに旅する予定を立てた。

「シータがあそこにいる確率は五分五分だろう」

私はそう思った。

真夜中のビジネスというのは一瞬で状況が変わる世界で、いくらシータが「待っている」といっても、そんなのはアテにならない。あの場所は警察に摘発されるかもしれないし、シータとまわりが対立して追い出されているかもしれないし、シータの心身が疲弊してビジネスができなくなっているかもしれない。

ストリートは彼女たちの戦場なのだ。

「女たちの死屍《しかばね》が累々と重なる戦地だ」

シータの国は内戦をしているが、シータも背徳の世界で戦っているのだ。だから、シータがいなくなっていても驚くべきことでも何でもない。もしシンガポール・ゲイランにいってシータがいないのなら、そこにいても意味がない。だらだらとゲイランにいるよりも別の国に入ったほうが有意義でもある。

だから、シンガポール経由でインドネシアにいこうと考える。


実際にシンガポールに向かったのは、それから一週間後だった。成田から全日空《ANA》を使って飛び立った。その機中では、たまたま隣に座った日本人の中年の男が、私にあれこれと何かを話してくる。

「シンガポールにはお仕事ですか？」

「いえ、路上のセックスワーカーを見つけにいくんですよ」

それは嘘ではない。本当のことだ。

「路上の女たちが好きなんです」

私はそういって男を当惑させ、これ以上話しかけられないように目を閉じた。

意味のない無駄な会話をしたくなかった
しかし、男はしつこかった。

「驚きましたねえ。本当にそういうのが好きなんですか？」

「好きなんです。白い肌の女も、黒い肌の女も、若い女も、そうでない女も、変わった女も、危ない女も関係ないですね。好きな女も抱きますが、そうでない女も抱きます」

「冗談でしょう？」

「いや、本当なんです」

「エイズになりますよ」

「もうエイズかもしれませんね」

私は彼を一瞥《いちべつ》して目を閉じた。

男はやっと話しかけてこなくなった。きっと私のことを頭がおかしいと思ったはずだ。もしかしたら、私は本当に頭がおかしいのかもしれない。それは自覚していた。

日本からシンガポールまで七時間。機内の長く退屈な時間を私はずっとシータのことを考えることに費やしていた。

それにしても、彼女を忘れることができなかった。なまりの入ったシータの英語をずっと心の中で反芻《はんすう》していた。

それは、いわゆるインド圏の人たちが話すなまりと共に、シングリッシュのなまりや、インドネシア語のなまりもごっちゃになったものであった。

Rがマレー語《マラユ》の影響を受けて巻き舌になっている。四月はアプリル、八月はアグゥストゥスになった。母音の強調された美しいなまりだった。ときどき、あまりに単語の発音が通常の英語とかけ離れ、しばしばいっているのかわからなくなるが、響きは心地良く耳に甘美だった。あの身体が甘美だったように。

私はゆっくりと目を開く。

シータと会えればいいのだが……。

†　スモールハート

チャンギ空港に着いたのは、もう夜中の一時をとっくに回っていた。私はタクシーに乗り込んで、まっすぐにゲイランに向かう。タクシーの窓から外を見たが、相変わらず他の東南アジアの都市とは比べものにならない清潔さがこの国にあった。すぐに入国審査を済ませてタクシーに乗る。ドライバーは小柄な華人系のシンガポーリアンだった。

「どこへ？」

「ゲイランへ」

ドライバーに告げて、窓から真夜中のシンガポールの光景をぼんやりと眺める。

「見ろよ。シンガポールはきれいだろう？」

ドライバーは、なまりの強い英語でそういった。

「きれいだ。でも暗い」

ドライバーは夜だから暗いと思ったのかも知れないが、私は国の暗さを指して暗いといった。シンガポールには濃い闇がある。私は何度も何度もこの国に来ているのだが、本当のことをいうと、この国が好きだと思ったことは一度もなかった。

たしかにきれいな国なのは認める。ショッピングや観光にはいいのだろう。しかし、極度の法治国家で閉塞感が強いし、ゲイランのような合法的な性風俗エリアであっても、弾けることが許されない空気感がある。その抑圧された空気感が、私には重荷に感じるのだった。

「ひとりかい？」

ドライバーは聞いてきた。

「そうだよ」

「ゲイランには女がたくさんいる」

「知ってる」

「でも、ストリートに立っている女は気をつけろ。あいつらはだめだ」

「なぜ？」

「みんな違法だ。女が欲しかったら店の女を買え」

「俺はストリートの女が好きなんだ」

私がそういうと運転手は首を振った。

「危ないんだよ、あの女たちは。クズだよ」

「好きなんだ。危ない女が……」

やがてタクシーはゲイラン地区に入った。私は少し歩きたかったので、ロロン六でタクシーを降りた。金を払うと、ドライバーは私の目を見てこのようにいった。

「small heart（スモールハート）」

私はうなずく。「スモールハート」というのは直訳すると「小心」なのだが、中国人はこれを「気をつけろ」「用心しろ」という意味で使っている。ストリートの女には気をつけろと、わざわざいってくれているのだった。普通の人間の感覚なら、そういうことなのだろう。私はうなずいてタクシーを降りた。

ゲイランといっても、ロロン六からロロン十のあたりは、バングラデシュあたりから来た労働者が寄り集まって、他の場所とは雰囲気がだいぶ違う。

夜中の三時や四時になっても、開いている店の前やゲストハウスの入口で、常に数人の男が何をするわけでもなく突っ立っている。そして、鋭い目で人を凝視し、所在なげに通りを歩く人たちを見てはツバを吐いていた。

彼らは肉体労働を嫌うシンガポーリアンの代わりに建築作業等に就いている。日本でいうところの出稼ぎ外国人労働者、いわば華人が見くだす最底辺の人々だった。

彼らの仕事が終わるのは、真夜中の一時過ぎなのだろうか。どこかの建設現場で仕事が終わると、用意されたトラックの荷台に乗って引きあげる。そして、ゲイランのゲストハウスの前で降ろされている。そんな光景を、よく目にする。

「なるほど……」

彼らを見て私は理解する。

ゲイランのインド系のセックスワーカーたちには一定の需要があるが、その需要は彼らのような出稼ぎ労働をする男たちによって支えられている。彼らのドヤがここにあったのだ。

そして、私は髑髏タトゥーの男を思い出した。あの男も、こうやってバングラデシュからシンガポールに出稼ぎにやってきて、そのまま不法滞在者になったのだろう。出稼ぎで稼いでも、一方でゲイランの女たちに散財していたら、金なんか貯まらない。それに不法滞在なんかしていたら、まともな仕事にも就けない。

「あの男も、シンガポールの底辺から抜けられないんだ」

私は思う。そうであれば、あの男は金のために何でもするのだろう。シータが「金のない男は危険だ」というのもうなずける。

彼らの住むゲストハウスの窓から洗濯物や長い布のようなものが干されていたり、くくりつけられていたりして、鉄格子のはまった薄汚い建物がさらに安っぽく見える。

そして、寝つけない男が通りに繰り出して、男同士で話し込んでいる。観光客のいない場所のシンガポールはそんなものだった。

そういう男たちの荒んだ姿を見ながらゆっくりと歩いていると、路上で安っぽいイスに小さな段ボールの箱を置いて何かを売っている男がいた。箱をのぞいてみると、輪ゴムでとめられた外箱のないクスリのシートだった。青い菱形の錠剤もある。

「バイアグラだよ。これはカマグラ。他に何でもある。必要だろ？」

頭が禿げあがっていたが、よく見るとまだ三十代くらいの男だった。黒いTシャツを着ていて、袖から日本のヤクザのような刺青が見えていた。こういう男が売るバイアグラなのだから、どう見ても海賊版のクスリなのは明白だった。

「いや、必要ない」

私は首を振った。

「まあまあ、これを取ると三回でも四回でもファックできる」

男はニヤニヤして私に勧める。

「必要になったら、また来るよ」

立ち去ろうとしたら、男は慌てて私の肘を取った。

「待て、待て、待て、待て。お前、疲れてるだろう？　顔が疲れてる」

男はそういいながら、まわりを確認してポケットから小さいパケットに入った二錠の錠剤をちらりと私に見せた。緑色の丸い錠剤だった。

「疲れが取れるクスリがあるんだ。ほしいか？」

「それは何だ？」

「ビタミン《ウェイタミン》剤だよ」

それを聞いて私は苦笑する。

ただのビタミン剤を売るのに隠れてこそこそ売るというのがおかしい。隠れて売らなければならないほど危険な成分の入ったドラッグなのだろう。シンガポールではドラッグの売買は死刑になる国なのに、よくこんなものを売っているものだと、私は逆にそちらのほうに感心した。

「今日は買わない。でも、覚えておく」

私がいうと、男はニヤリと笑って握手してくる。

「どんなクスリが欲しいか、いってくれ。何でも揃える」

「わかった」

「俺の名前はワンだ。俺がいなかったら、そこらへんの奴にワンはどこだと聞け」

ワンと別れたあと、ロロンの偶数側をあがっていく。

やがて、ストリートに立つ女たちが目立ちはじめ、背徳区ゲイランの妖しくも淫靡《いんび》な雰囲気が充満してくる。

「戻ってきたな……」

私は思わず日本語でつぶやいた。

平屋の建物の入口に赤い数字が灯った建物がいくつも見える。こうしたエリアのことを中国人は「紅灯区」と呼ぶが、それはかなり的確な表現だった。ゲイランではまさに「紅《くれない》の灯《ひ》」が神経質な番号となって灯《とも》っている。赤い数字が、置屋《ブラゼル》であることを主張しているのだ。

ガラス戸から奥のピンク色の蛍光灯の光が漏れているが、それは男の欲情を誘うためである。ピンク色は女が情事で肌を上気させた色だ。

そして、道に立つ女たちも見えた。

† カーラ

前とは違う適当なホテルに部屋を取ったあと、ふと時計を見ると午前二時を過ぎていた。これはハイエナにとってまったく好都合な時間帯だ。ゲイランに立つ女たちが増えるのは、今までの観察だと午前一時を過ぎた頃だった。

私はあのインド系が集まっているロロン十八から二十にかけての裏小道に歩く。そこには、相変わらずインド・スリランカ系の男女が吸い込まれそうな闇の中でうごめいていた。しかし、たむろする女の中にシータは見つからなかった。

「いないのか……」

私は唇を軽く嚙む。

そう思っていると、売れなくて暇を持てあましているように見える太った女が目に入った。よく見るとカルナニティだった。相手にしたくないので目をそらしたが、彼女はまたもや私に声をかけてきた。

「また会ったわね」

私は黙ってうなずいた。

「まだシータがいいの？」

もう一度、黙ってうなずく。

「シータは見ないわね。それより、私はどう？」

「やめておく」

「いっておくけど、シータはあんたの奥さんじゃないのよ。シータは誰でも相手にして、誰にでも、アイ・ラブ・ユーといっている女よ。あんたも他の女を抱いても問題ない。私のブロージョブ、気持ちいいのよ。試す価値はあるわ」

「やめておく」

私がいうと、カルナニティは「馬鹿な男！」と嘆息した。

「あんたは、大勢の中のひとり。目を覚ましなさいよ」

そういってカルナニティは背を向けて、他の男を探しにいってしまった。

他にも何人かの女にシータのことを聞いたが、誰もシータを知らないといった。

「そんな女よりも、私はどう？」

女たちは口々にいった。

シータはいないが、女は他にもいる。

しかし、私はそういう気にならなかった。ここに来た目的はシータだったのだ。シータが欲しかった。シータじゃなければ嫌だ。

私は女たちと共に壁に寄りかかってしばらく待つ。客と部屋にいるとしても、その時間はほぼ三十分ほどだろう。それくらい待ってシータが出てこなければ、そのときはすぐにここを去ろうと思う。

しばらくいると、さらに会いたくない女がいるのに気づいた。この暗い小道でもっとも目立つ女だった。血のような赤い口紅をつけて、やはり手首に光り物のリングを何重も巻いている。そして、派手な刺繍のバンジャビー・ドレスを着ている。

カーラだった。

私は暗闇の中、なるべく目立たないように壁ぎわに寄ってじっとカーラを観察する。

誰か男が来ると、カーラは立ちどまる。

じっと相手を見つめ、小首を傾げ、せつない表情を浮かべて訴える。

「私を選んで。私を買って」

しかし、訴え虚しく男が立ち去ると、その男の背中に向かって、急に馬鹿にしたような表情を浮かべて、殴る素振りをする。猿が人を殴るような素振りだ。そして、まわりの女たちと、立ち去った男をあざ笑いながら、ふざけるのだった。男を誘うときのせつない態度と、仲間とふざけるときの卑俗な態度のコントラストがあまりにも対照的だった。

そのカーラに、カルナニティが近づいて何か耳打ちする。

カーラはまわりを見回して、闇の中から私を見つけると、遠慮なく近づいてきた。

「ハロー。お元気？　こんなところで何をしているの？」

彼女は甘く親身な態度を見せた。

「知り合いを待っているんだよ」

「知り合い？」

私はうなずく。

「それは誰なの？」

「シータだよ」

「シータ？　ああ、シータね」

　彼女はわざとらしくいった。

　私をシータに会えないようにするために、髑髏タトゥーのチンピラにけしかけて私を追い出したのに、カーラは私のことを何も知らないフリをしているのだった。なるほど、シータがいうように、油断できない相手だった。

「それより、私とどう？」

　カーラが握手を求めてきたので私は事務的に握手する。彼女の手首に巻いたリングが音を立てた。そういえば、私はシータから彼女のことを聞いていて、ずいぶん前からカーラのことを知っているように思ったが、実際にカーラとこうやって話をするのは今日がはじめてだった。

「ねえ。シータはアグリーな女よ。アグリーな女は価値がない。私のほうがきれいでしょ。私と、どう？」

「いや、もう少しシータを待ってみるよ」

「あなたはアグリーな女が好きなの？」

「シータはアグリーじゃない」

　カーラは私が相手にしないと見るや、黙ってあとずさりした。そして、気分を害したように、ふんと顔をそらして仲間のほうに戻っていく。激しく怒っているのだった。

それから、私の方を仲間とちらちらと見つめながら、噂をしている。

ほら、あの男を見てよ。アジア人のあの男。シータを待っているんですって。なにさまなのかしら、彼女の旦那にでもなったつもりでいるのかしらねえ。私なんかどうでもいいらしいわ。シータじゃないと、だめらしいわ。

そんな悪意のこもった内容が聞こえてきそうだった。

時おり、カーラはこちらを見たが、その目には敵意が光った。カーラは自分を袖にした男は許せないのだった。

† スダ

連れ込み宿の入口には、安っぽいイスに腰かけたサリーの女がいた。さっきから彫刻のように動かず、じっと男に声をかけられるのを待っている。アーリア系の容貌に、丸い形のビンディーを額につけた女だ。ビンディーをつけているということはヒンドゥー教徒か、と私はシータと話したときのことを思い出しながら考える。

彼女は痩せても太ってもおらず、もの静かで穏やかな表情をしていた。長い間、彼女はそうやって微動もせず座っているようだった。

男は通り過ぎても誰も彼女に声をかけなかった。彼女は夜の女特有の華やかさが欠けていた。醜くはないが、さして美しいわけでもない。地味で、堅実で、至って平凡な雰囲気だった。

アンダーグラウンドでは、美しい女、派手な女、明るい女が好まれる。顔つきがそう美しくなくても、派手で明るさを感じさせる女であれば男は評価する。背徳の世界で生きていく女には華が必要なのだ。

もっとも評価されないのは、平凡で取り立て何の取り柄もなさそうな女だ。

カーラのように目立つ女は黙っていても男の目にとまる。しかし、地味で平凡な女は黙っていれば完全に無視される。男は単純だ。ついつい派手な女の方へ、抱けば敏感に感じてくれそうな女の方へとなびく。

だからその女は、男にずっと無視されて長時間そこに座っているように見えた。

ふと、私は予感のようなものを感じて、彼女に声をかけた。

もしかしたら、彼女ならシータのことを知っているかもしれない。そして、教えてくれるかも知れない。そんな気がした。

私が話しかけると彼女は驚いたような顔をしたが、しっかりと私を見て目をそらさなかった。私は、ついさっき日本からシンガポールに来たことと、シータを捜していることを彼女に伝えた。そして、「シータを見なかったか？」と尋ねてみた。

「あなたはシータの友だちなの？」

私は深くうなずいた。

「あなたは、あの日本人？」

「イエス」

「なるほど。あなたがそうなのね」

スダはいった。そして、柔らかな笑みを浮かべて私を見つめる。

私の噂は聞いているようだった。

しばらく彼女は考えていたが、やがてこういった。

「とてもいいにくいんだけど、シータはビジネス中なの。今、この建物の中にいるわ。あなたはもうしばらくここで待っていれば、シータと会えるはずよ」

「本当かい？」

「イエス。シータは私の友だちよ。私を信用して」

「信用するよ。ありがとう」

　そして私はこの誠実そうな女の名を聞いた。

「スダよ」

　彼女はいった。

　その名前を、私はすぐに覚えた。シンガポールでは英語に混じってマレー語の影響が強い土地柄だが、そのよく使うマレー語に「スダー」という言葉があった。彼女の名前はそれと同じ響きがあった。

「マレー語の〝終わり《フィニッシュ》〟と同じだ」

「みんなよくそういうわ」

　スダは悲しそうに笑う。

「でも、私の名前はスダで、マレー語の方はスダーよ。少し、違うの。わかる？」

「わかるよ。冗談さ」

　私は肩をすくめた。

「ごめん《マァフ》よ。ただの冗談だよ」

しばらく待っていると、インド人の男とシータが連れ込み宿の入口から出てきた。三ヶ月ぶりに見るシータだった。前と比べてシータはかなり痩せたように見えた。痩せたのか、やつれたのか、疲れたのか……。前から贅肉のまったくないスリムな身体だったが、度を超す痩せ方をしていた。私と別れてから、ずっと何も食べていなかったような痩せ方だった。

痩せて雰囲気に凄みが増したが、病的でもあった。

男がシータに手を振って去っていくと、シータはタバコを取り出して火をつけて煙を吐き出す。そして、入口に座っているスダに声をかけて、二人は短い会話を交わした。そして、シータは驚いてまわりを見まわす。

彼女はやっと私を見つけた。

視線が合うと、彼女はニコリともせず、ただ反射的にうなずいた。

彼女は少しまぶたを閉じて、私から目をそらし、それからすぐに私を見つめ直した。

彼女は私のほうに駆け寄りはしなかったし、親愛の情もなかった。ただ無表情のままだった。驚くほど冷淡で、事務的で、つれない態度だったが、いつものことだ。まわりの目があるとき、シータはけっして感情を見せない。この日はとくにそれが際立っていた。

私も無表情のままで立っていた。

すると、シータは親指で連れ込み宿の入口を指さして、小首を傾げた。

とろいわね、私は忙しいんだから、もたもたしないで早くしてよ。

彼女の態度はまるでそんな様子だった。優柔不断な男に、いら立っている女に見えた。

スダも立ちあがり、早く入りなさいと手招きする。

私はうなずいて、シータと一緒に連れ込み宿に入っていく。

ふと、薄汚れた床に、アクセサリーの腕輪がひとつ落ちているのが目についた。シータがそれに気づいて、ゆっくり拾ってから無造作に自分のショルダーバッグに入れた。

「カーラのかい？」

「YES。あとで渡しておくわ」

† もう手遅れ

シータは、いら立っているようにも見えた。

しかし、部屋に入ってドアを閉めると、シータは突然振り返って私を見て、やっと屈託のない満面の笑みを見せてくれた。いたずらっぽく、そして嬉しくてたまらないという感情のあふれる表情がそこにあった。

「ハロー。お元気だった？」

人懐っこい、なまりのある英語と声がした。

シータはしっかりと私を抱擁した。

それから、慈愛に満ちた母親が子供にするようなキスを私にした。

「また絶対に来てくれると思っていたわ」

「会いたかったんだ」

「でも、こんなに早く会えるとは思わなかった。本当にうれしい」

「外では君の態度がすごく冷たいので、嫌われているのかと思ったよ」

シータは大きく首を振り、それからいった。

「他の女たちが見ている。だから、そうしたの。他の女たちはすぐに悪い噂するわ」

私はうなずく。

「カーラがじっとこっちを見てた」

「わかってるわ。彼女は私たちを嫌っている。どうやって私たちの関係を壊すか、それを考えているのかもしれない。だから、私はいつもポーカーフェイスなの、外では」

「やっかいだな」

「ＹＥＳ。クールじゃないと、ここじゃやっていけないのよ」

そして、シータはつぶやくようにこうつけ足した。

「ファックはＯＫ。ラブはＮＯ。ゲイランはそういうところなの」

私たちはしっかりと抱擁した。

そして、ベッドに倒れ、まるで狂った動物のように激しくむさぼりあった。

ひさしぶりのシータの身体だった。彼女が欲しかった。

「スリランカは素晴らしすぎる」

私の愛情表現に、シータは笑った。

スリランカで育った褐色の肌を私は愛した。

ただ、私には懸念が芽生えていた。シータの肉体は、少しずつ、しかし確実に肉が削げ落ちていた。かつてよりも痩せてしまっている。もともとシータは痩せ型だった。それなのに「もっと痩せた」と第三者が思うくらいだから、三キロか四キロか、それくらいは痩せてしまっているはずだ。

もしかしたら、シータは何かの病になったのではないか……。

そんな懸念が、急速に私の脳裏を埋め尽くしていくのだった。

夜の女たちはさまざまな性病を抱える。それなら、シータが性病であってもおかしくない。性病はセックスワーカーたちを汚染しているのだ。ＨＩＶもありえる。それは開かれたパンドラの箱から出てきた地獄の病だ。

シータがそんなものを体内で培養しているのかもしれないという一抹の恐怖と、それが激しい性交によって私に受け継がれたのではないかという不安が漠として私を覆い尽くしていた。しかし、地獄の病にかかったとして、今さら騒ぐことなのだろうか。今さら不安を感じたところで、もう手遅れだ。

いろいろ覚悟はしている。

かつて私は、人生を投げ出した。

生きる目的など、何もなかった。何も……。

二十歳にして、私は思い出せないほどのセックスワーカーとゆきずりの愛を交わす生活をはじめていた。まさか、自分がアンダーグラウンドに生きる女たちと深みにはまっていくとは思わなかったが、自然とそうなった。そして、誰にもいえない荒淫と荒廃を極めたような堕落が、繰り返された。

その頃、まだ私には感受性というものがあった。

だから、アジアの貧困から身を落とした女たちの実態を自らの肌で知るにつれて、女たちの虚無感が知らず知らず心に乗り移ってしまった。それは、亡霊のように私につきまとい、眠りに落ちても消えなかった。

救いようのない地獄をさまよう女たちだけと一緒にいるうちに、私はすっかり生きる意欲を削がれ、もうどうにでもなれという気持ちに包まれてしまった。世間のすべてがどうでもいいものになっていた。

もしかしたら、自分の抱いたあるパッポンの女が、男に殺されたというのを聞いたことが引き金になったのかもしれない。かわいい女で名前をオーイといった。彼女はつき合っていたヒモに殺されてしまった。特別、彼女にのめり込んでいたわけではないが、彼女とは何度もベッドでたわむれたし、彼女のことはよく知っていた。それで、彼女が殺されたと聞かされて、私は動揺していた。

「あの子はねえ、ドラッグ中毒の情夫《ミアノーイ》に殺されてしまったんだよ」

彼女をよく知っている同じバーにいた女が、しみじみといった。

「刺されたの。何度も、何度も。それでも生きていて必死で道に這い出して、血をいっぱい道路に流していたのよ。病院に運ばれたけど、死んだわ」

そして彼女は、私をじっと見た。

「あんたが気に入っていたあの子は、そうやって死んだ」

真夏の薄汚れた街で野良犬のように死んでいった彼女の話を聞いて、それが冗談ではないと知ったとき、その夜は特別に愛していたわけでもない女のために泣いた。数日もしたら、誰も彼女のことなんか覚えていないだろう。歓楽街は刹那的な場所であり、死んだ女のことなど数日もしたら風化する。

しかし、私はとても虚しくて忘れられなかった。

それから、歓楽街で生きる女たちの顔をひとつひとつ想い出して、浮かばれない女たちの境遇にはじめて私は恐怖した。絶望感にとらわれてしまった。

それが契機だったかもしれない。

この頃から私は誰かを抱いても、誰も愛さなくなった。

気に入った女はいても、愛することはなかった。優しい女、美しい女、世話をしてくれる女、奔放な女……。いろんな女と出会ったが、けっして愛することはなかった。誰に惹かれても、慎重に心に芽生えた愛の芽を摘んで捨てた。

女の人生を取り込んで傷つかないためだった。

しかし、何もかもが古ぼけて荒んだ連れ込み宿の部屋の中で、シータと二人きりでいるのは楽しかった。シータは何度もこういった。

「ハッピー」

心地よい余韻の中で、まだ熱い肌の感触の中で、からみつく足の重さの中で、シータは何度もそうささやいた。

「ハッピー。また、あなたに会えて。また私を選んでくれて。私を好きになってくれて。私はとても幸せ。あなたが日本人だというのは気にならないわ。肌の色が違うというのも、気にならないわ。でも、私がスリランカ人だというのは、あなたは気になる？　私の肌が黒いのは？　私はそれが少し心配なの」

「関係ない。白い肌がいいなんて俺は思わないね」

「私でもいいの？」

「もちろんだよ」

シータは至福の表情を浮かべて、それからふたたびささやいた。

「ハッピー」

ハッピー。幸せ。

それはシータから私に対する愛のささやきだった。

シータもなぜか私を気に入ってくれていることは強く感じていた。そういう素振りをしているフリには思えなかった。ビジネスにどっぷりと浸っている女たちの中には、よくそうやって男に夢中のフリをして、男から多額の金を引き出そうと画策する女がいる。

しかし、シータの至福の表情は、素朴で裏がないように見えた。私自身も彼女が気に入っており、それには裏はない。シータを騙すつもりもなければ、利用するつもりもない。私たちは互いに純粋に惹かれ合っていることをわかっていたのだ。

　今まで私はシータよりも美しい女、シータよりも白い肌の女、シータよりも優しい女と出会っている。それなのに、なぜシータだけが特別なのかわからない。ストリートに立つ女たちを抱きながら距離を置いていたはずなのに、シータにはほとほと参ってしまった。私は彼女から距離を置くことが、なぜかできなかった。

　シータと出会ってそれほど長くはないし、彼女の人生の全貌を私はまだ知らない。

　それなのに、惹かれていたのだ。

「ねえ、明日も私と会える？」

　シータは尋ねた。

　そういえば、翌日はインドネシアの首都ジャカルタにいくつもりだったが、シータがいるのならば、ジャカルタなんかどうでもいい。私は即座に「イエス」と答えた。

「明日も君と会うよ」

　それを聞くと、シータは裸のまま立ちあがった。そして、ベッドわきに置いたハンドバッグを取ると、中からペンを取り出して、自分の携帯の電話番号を私の手の甲に書いた。

「携帯電話を手に入れたの。これは私の電話番号よ。明日、電話して。私は確実にいるようにする。私はあなたと一緒にいたいの。電話してね。ＯＫ？」

「ＯＫ了」

私は答えた。

「必ず電話するよ。明日も会おう」

†　マネー、マネー、マネー

翌日もシータと会い、一緒にいた。私たちはもはや互いに互いを必要とするようになっており、相手に依存した。

しかし、あのストリートは私は目立ち過ぎていて、状況は良くなかった。カーラやカルナニティが私やシータの悪口を言いまくっていて、それに感化されたのか、ほぼ全員の女が私を嫌うようになっていたのだ。

私はとにかくシータしか選ばない。シータに金が入っても、彼女たちには金が入らない。まず、シータが「太客をひとりじめ」していることに彼女たちは怒っている。ひとりの女がうまくやっていて、他の女が稼げないと、うまくやっている女は嫉妬され、憎まれ、足を引っ張られる。

　それが起きていて、私もそうだがシータもまた孤立してしまっていた。

　そのため、私はシータをオールナイトで私のホテルに来てもらうように切り替えた。そのたびに、坊主頭で人相の悪い男がやってきたので、この男に金を払った。この男も、いつも不機嫌で私のことを嫌っていた。

「毎日、オールナイトはだめだ」

　男は有無をいわせず私に告げた。

「なぜ？」

「ボスがだめだといっているからだ」

　男はボスの主旨をいわなかったが、私は長らくこういう世界にいて女たちを見ていたので、そのボスの考えていることがよくわかった。ひとりの男に自分の管理する女をどっぷり浸らせるのは、マネージャーにとってはトラブルの元になるからである。

　そんなことをしたら女が駆け落ちするリスクが高まるし、女は男を選り好みするようになって、他の男とは仕事をしないリスクも高まる。

　こうしたビジネスをする女は、どんな男も選り好みしないで抱かれなければならないという不文律がある。そこでは女に選択肢はない。だから、好きな男にも、嫌いな男にも、女は身体を開くことが強いられる。ひとりの男だけを優遇して、他の男をないがしろにするような〝傲慢な女〟は、やって来る客のためにならないし、ひいてはマネージャーの評判も落とす要因となる。

　だから、好き嫌いをいってひとりの男にうつつ抜かしている女を、マネージャーは罵声を浴びせ、虐待し、殴りつけ、レイプし、どんな男が来ても平気で身体を開くように追いつめる。女には人権などないという現実を、支配者は虐待して教え込む。この世は地獄であることを、絶対的な権力を行使して女に知らしめる。

　シータが生きている裏の世界はそういう世界だった。

　シータのボスも、女が駆け落ちしたり、特定の男を愛しないように、予防線を張っているのだった。しかし、シータが男から金を引っぱれるだけ引っぱるのは好ましいことである。そのため、たまにオールナイトを認めさせ、他のときは連れ込み宿にショートで通わせて金をふんだくろうとしているのだろう。

私がシータにそれを説明すると、シータは同意した。

「たぶん、正しいわ。彼らはあなたを破滅させる。彼らはお金のためなら何だってする。マネー、マネー、マネー。それだけしかない。あなたはどうするの？」

「どうもしないさ。ショートでもロングでも君に会えるなら関係ない」

シータはまじまじと私を見つめた。

「やっぱり、あなたは変わってるのね」

シータと食事をすると、私たちは違うものを食べる。

シータはナンとカレーを注文する。私は脂っこい中華料理が主食だ。ここシンガポールではあらゆる料理に、脂をたっぷりと使う。味は濃厚で、色も濃く、においも強い。

シータもときどきそれを食べるが、カレーがいいといった。私は中華料理のほうが好きだった。だから、一緒にいながらも、私たちは違うものを食べた。

しかし、シータはほんの少し食べただけで「もういい」と食べなくなった。

「食べられないのか？」

「あまり食べたくない」

いつも豆奨《ソヤビーン》を最後に飲むのが習慣だったが、この日はそれを飲まなかった。シータと一緒に紅茶を飲む。そのせいか、脂が胃に残って気分が良くなかった。シータはシータで、ショルダーバッグから何かのクスリを取り出すと、それを紅茶で喉に流し込んでいた。一シート二十八錠の小さな丸い錠剤だった。

「それは？」

「ピルよ。毎日これを取らないといけないの。妊娠したくない。みんな取ってるわ」

私はうなずく。

「他にもたくさんの薬を取ってるわ。胃薬も、睡眠薬も、頭痛薬も、咳どめのクスリも。ときどき、咳がとまらないことがある。喉が痛い」

「タバコだ」

「わかってる。でも、タバコはやめないわ」

そういっている矢先にシータはタバコを取り出して火をつける。

「ひとつ質問があるの。あなたはお酒は飲まないの？」

シータは話をそらした。

「たまに飲む。でも、ほとんど飲まないよ。欲しくない」

それを聞くと、シータは笑みをうかべてタバコの煙を吐いた。

「素晴らしい《グレイト》。私はお酒をたくさん飲む男は、あまり好きじゃない」

私は肩をすくめる。

堕落と背徳の世界では、大酒を飲む酔っ払いが好きだという女も多い。酔って判断力を失ったところで、大量の金を使わせるためだ。しかし、逆に酔っ払いが嫌いだという女も多い。乱暴だからだ。

シータは酒を飲む男は嫌いのようだった。

「お酒を飲まないなら、あなたとは暮らせるわね」

シータが何気なくそういったので、私はふとシータに尋ねた。

「もし、一緒に暮らしたいといったらどうする？」

「一緒に暮らす？」

シータは驚き、それから長い沈黙があった。

自分が何を質問したのか忘れてしまうほどの長い沈黙のあと、シータはゆっくりと首を振った。そして、疲れ果てた人の声でシータは答えた。

「私たちは一緒になれないわ」

「なぜ？」
「だって、私は商売女《ビジネス・ウーマン》よ」

† スダからの電話

ホテルに戻る。シータが私の服を脱がし、黒い髪をたなびかせて身体のあちこちにキスをはじめると、私は安堵する。私もシータを脱がし、たまに彼女の母乳を飲んでみたりする。シータの母乳はほんのかすかに甘い味がするヨーグルトのような感じだった。

行為の合間、私たちはとりとめのない話をした。

「あの連れ込み宿の経営者は大酒飲みで、酔うとまわりに立っている女たちを抱く。口が軽くなって、子供が馬鹿やことや、妻を愛していないことや、愛人が二人いることを私たちに話すの。酔ったら手がつけられない」

そんな話をシータは話した。他にも母親の話をして、子供の話をした。友人の話をして、エージェントの話をして、客の話をした。

しかし、シータがひとつだけ話さないことがあったのだ。

それは隠され、避けられ、無視されていた。

私もそれをあえて聞かなかったし、シータは巧妙にその話をそらした。シータの話はとりとめなく、前後のつながりはなく、思ったことをそのまま話しているように見えたが、そうではなかったのだ。

夫はいるのか。子供の父親は誰なのか。

シータはそれをいっさい話さなかった。

私も今は聞く気になれなかった。だから、あえて聞かなかった。

やがて、それを聞くことになるのかもしれない。もしそのときが来れば、そのときに知ればいい。今は、知らなくてもいい。

私たちはゲイランの闇の中で、すでに人種的にも、環境的にも、時間的にも、たくさんの制約と傷を抱えているカップルだった。ここからさらに、お互いの私生活に立ち入って、重荷を抱えることはない。

シータは父親のことは話さなかったが、その代わり愛する子供のことをよく話した。自分の生んだ小さな男の子の話をした。

「昨日、スリランカに電話してみたのよ」

シータは声を弾ませた。

「最初にママと話したわ。ママは心配している。私が大丈夫なのかどうか。電話すると、ママはいつもそうなの。私のことを心配するの。私の声が低いと心配する。咳をすると心配する。身体は大丈夫なのかい？　ちゃんと食べているのかい？　私の声が早口だと心配する。お金は大丈夫なのかい？　トラブルに巻き込まれていないかい？ママはいつもそう。何でも心配する」

「母親はどこでもそうだな」

「私はこう答えるわ。ママ、大丈夫よ。私は大丈夫だって。ここはママがいるところよりも安全だと思うわ。ここはシンガプル。突然、知らない誰かに殺されたりすることはない。自爆テロもない。兵士もいない。テロリストもいない。問題ないわ」

そしてシータの顔が至福と慈愛に包まれる。

「ママ、私のベイビーは元気にしている？　あの子は問題ない？　そうするとママは、ベイビーの声を聞かせてくれるのよ。まだ小さな子供なのに、私にこんなことをいうの。帰ってきて《ゴー・ホーム》。私のベイビーが、早く帰ってきてと私にいうの。あの子は小さいから、それだけしかいえない。私のママがそういうように教えているのよ」

　シータは子供の話をすると、とまらなくなった。

「もう私は悲しくなって、早くスリランカに戻りたくなってしまう。ベイビーに会いたいわ。何よりも。それが私の願い、私の希望よ。でも、私はシンガプルで仕事を続けなければならない。ベイビーのために、お金を稼がないと。足が悪くなって杖がないと歩けなくなってしまったママのためにも。だから、私はとても悲しいわ」

　そのとき、急にシータの携帯電話が鳴った。シータは文字通り、ベッドの上で跳ねるほど驚いて胸を押さえ、それから慌てて携帯電話を取る。

「シータ？」

　電話の向こうの声がかすかに聞こえた。

「スダ？　どうしたの？」

　シータは目を閉じながら、電話の向こうの話を聞いていたが、やがて電話を切ってしばらく何かを考えていた。やがて私を見ていった。

「スダからよ。部屋から出ないほうがいいっていってるわ。みんな隠れてるそうよ」

「何があったんだ？」

「ゲイランのタルマ通りで、中国人の女がホテルから飛び降りたらしいわ。それで警察が大勢来てる。ストリートにいると、逮捕されるかもしれない。私たちは違法なビジネスをしているので警察とは会いたくない。それで、みんな隠れている。スダはゲイランのロロン十五にあるナンバーホテルに隠れてるそうよ。あそこのホテルに私たちは寝てるの。一部屋に五人でね」

私はベッドから立ちあがってバスタオルを下腹部に巻き、それから窓を覆っているカーテンをちらりと開けて外を見てみた。いつもなら、タイの女がストリートでビジネスをしている姿が見えるのだが、見事に誰もいなくなってゴーストタウンのようになっていた。

「誰もいない」

私がいうと、シータも一緒に窓の外を眺める。

「みんな隠れてるのよ。警察に逮捕されると強制送還《ディポテイション》になる」

ふと、私は思うことがあった。

「シータ、ゲイランのどこだといった？」

「タルマ通りよ」

「中国人の女が？」

「イエス」

「シータ、ここにいてくれ。少し様子を見てくる」

シータは驚いて私の顔を見つめた。

「どうして？」

「少し気になるんだ。すぐに戻ってくる」

†　飛び降り自殺

シータをホテルに置いて、私はひとりでゲイランのタルマ通りに向かう。

現場に近づけば近づくほど人が増えて群衆のようになって、何人ものほとんど黒に近い濃紺の制服を着た警察の姿も見えてきた。赤と青のライトを点滅させた救急車の音も派手に鳴っている。野次馬はほとんど男たちだったが、彼らが道に面したホテルを道の反対側から眺めている。

彼らをかき分けるようにしていくと、飛び降りたらしい女のまわりにも警察官や救急隊員が囲んでいるのが目に入った。女はまだ救急車に運ばれておらず、何人かの救急隊員が応急処置を続けている。

飛び降りたが、まだ死んでいないのがそれでわかった。しかし、応急措置をしないと、下手に動かすことができないほど重傷だということだ。

ホテルの上を見ると、五階の部分のある部屋の窓ガラスが派手に割られていた。そこから飛び降りたようだ。頭から墜ちていたら即死だったと思うが、そうではなかったのだろう。だとしても、十メートル以上もの高さがあるので、そんなところから墜ちたら骨も砕けて内臓も破裂している。助かる見込みはかなり低いのではないか。

そのように思っていると、ホテル内のエントランスからストレッチャーに乗せられた怪我人が白い布に包まれて運ばれ、救急車に乗せられた。人工呼吸器が取りつけられているが、男であるのはわかった。

救急車に乗せられる男をマスコミがバシャバシャと写真を撮っている。

路上に叩き付けられて瀕死の女は、植木が邪魔になってよく見えなかったので、私はギリギリまで距離をつめて倒れている女が見える位置まで移動していった。救急隊員が何人も覆いかぶさっているので顔が見えるわけではないが、私はそれが自分の知っている女であることは確認できた。

　彼女の着ている服と靴に見覚えがあった。

　白のワンピースに、少し薄汚れたピンク色のスニーカー。ストリートでビジネスする女で、こんなスニーカーを履いているのは彼女だけだ。

「やっぱり、メイメイだったか……」

　私は衝撃を受けた。

　間違いなく彼女だ。

　その瞬間、私は最後に見たメイメイの姿を思い出した。太った中年の華人に連れられてホテルに入っていくメイメイは助けを求めるように私を見つめた。メイメイはこのビジネスをするのに開き直っていなかった。このビジネスに合っていなかった。時間がたてば、いずれ彼女もいっぱしの女になるだろうと私は思っていた。そうでなければ、死ぬしかないからだ。

　メイメイは時間がたってもいっぱしの女になるつもりはなかったのか……。

　私は静かに現場を去った。

ホテルに戻ると、シータは下着姿のまま、ベッドに座ってじっとタバコを吸って待っていた。私の顔を見ると、どこか緊張した面持ちで話を促してきた。

「中国の女がホテルの五階から飛び降りたようだ。死んでない。まだ生きていた。生き残ったとしても身体に障害が残ると思う。歩けないかもしれない」

「生きていたほうが苦しいわ」

シータはつぶやいた。

「スリランカでも戦争で障害を持った人がいっぱいいる。死んでしまうより、生きていたほうが苦しい」

「男も運ばれていたので、部屋で何かトラブルがあったんだと思う。マスコミも来ていた。明日の新聞やテレビに出ると思う」

「なぜ、こんなことになったの？」

「わからない。もしかしたら、男を刺して自分も死のうとしたのかもしれない」

「女は商売女《ビジネス・ウーマン》？」

私はうなずく。

「ここはゲイランだ。百パーセント間違いない」

「私は戻ったほうがいい？　ここにいたほうがいい？」

「部屋から出ないほうがいい。警察官でいっぱいだ」

それを聞くと、シータは無意識に腕を組んで防御の姿勢を取った。

「心配しなくてもいい。ここにいたら安心だ」

シータはタバコの煙を天井に向けて吐いた。

「前にもこういう事件があったの。そのときは二日ほどビジネスができなかった。事件があると、警察がパトカーでゲイランを見回りしているから。たぶん、明日も明後日もビジネスができない。誰かが見せしめで捕まるかもしれない」

「そうなのか？」

「ええ。ストリートのビジネスは違法よ。死んだ中国人の女がストリートでビジネスをしていたのなら、警察はそれを理由に誰かを摘発しないと違法がチェックされていないということになるわ。誰かを逮捕しないと、終わらない。シンガポールの警察は、こういう事件があったら必ず動く。だから、ゲイランでは誰かが殺されても、何も起きていなかったことになることもある」

「そうなのか？」

それからシータは、彼女たちが牙城にしている連れ込み宿で起きた事件のことを私に話したのだった。

ひとりの男がセックスワーカーの首を絞めて殺した。その男は死体をベッドの下に隠し、表に出て今度は違う女をまた同じ部屋に連れ込んだ。そして、死体がベッドの下にある中で女を抱いて、何食わぬ顔でゲイランから消えた……。

「殺されたのはカーラのような悪い女だった。それで男に殺された。死体を見つけた連れ込み宿の経営者は震えて泣いていたわ。彼が困ってエージェントのボスに相談したら、男たちが車でやってきて、どうするか長いあいだ話してた。警察に知らせたら面倒なことになる。だから、死体をどこかに運んで何もなかったことになった。死体は海に捨てたといっていた」

そんな話をシータはした。

「警察は動くと誰かが逮捕されるし、私たちはビジネスができなくなる」


シータの懸念は当たっていた。

翌日からゲイランはひっきりなしにパトカーが巡回してストリートの女はひとり残らず消えてしまった。

朝に帰ったシータに夜になって電話すると、「二、三日はゲイランでビジネスできない。もしかしたら、一週間はできないかも……」と沈んだ声でいった。

「エージェントは、誰もホテルから出ないようにいってる。私も出られない」

「わかった。警察がいなくなるまで待つよ」

私はシータに伝えた。

待つしかない。

その間、私はメイメイのことを何度も何度も脳裏に浮かべて過ごしていた。

中国語は読めないが、中国語の新聞を買って見てみるとメイメイのことが載っていた。メイメイは雲南省からシンガポールにきて違法に就労している女で、ゲイランで客と金銭トラブルがあって揉み合ったところで、持っていた果物ナイフで男を刺し殺し、窓ガラスを割って飛び降りたと書いてあった。客と性行為はしていなかった。部屋に入って早々、金銭トラブルで揉めたようだ。

「雲南省か……」

私はベッドに転がって天井を見つめた。

雲南省は総面積の九十パーセントが山岳地帯で、貧しい中国人が大勢いる省だった。メイメイもまた貧しい中で裏のビジネスをするために流れてきたのだろう。貧しさから抜け出すために異国に来たが、彼女はそこでうまくいかなかった。

メイメイは即死ではなかったが、病院に運ばれていく途中で死んだ。

二日後、ゲイランでタイの女たちのグループが逮捕されたと新聞に載っていた。「ゲイランのストリートで違法な性工作《セックスワーク》をグループで行っていた」と書かれていた。シータのいう通り、摘発が行われていたのだった。

† シータはもういない

数日後。いつもの『富華美食』で食事を終えて、ロロン十八の裏通りをいくと、すでに女たちが戻ってきているのに気がついた。しばらく警察の摘発を恐れて誰もいなかったが、いよいよこの日からビジネスを再開したようだ。しかし、女たちの人数は激減していた。ビジネスができない日が数日続いたので、あきらめて帰国してしまった女も多いということなのだろう。

シータに電話をしたかったが、私は旅行先には携帯電話は持ち歩かない。近くの公衆電話でシータに電話しようと思ったが、その公衆電話が壊れて通話できなかった。ゲイランの公衆電話の故障率は結構高い。

しかたなく、私はロロン十八に戻って目視でシータを捜すことにした。

暗がりの中で、女たちがいっせいに私を凝視する。品定めするように注がれる多くの目が私の一挙一動を追う。もう彼女たちは、私がシータに執心していることや、シータに会いに来たことや、シータしか抱かないことを知っている。

それで、数人の女がじろじろと私を見ては自国の言葉で噂をしあっている。

ほら、また来たよ。あの日本人が。シータしか抱こうとしない、例の日本人が。シータばっかりにお金をあげて、私たちにはちっともお金を回さないケチな日本人が……。

そんなことを話しているに違いない。

ふと気づくと、カーラも、何人かの女と一緒に立っていた。

往来する同国人の男たちの影の間から、じっと私を見ていた。そして目が合うと、あざけるように笑うのだった。相変わらずカーラの目には私に対する怒りや嫌悪が混じっていた。理不尽な恨みを、ずっと根に持ち続けているのだった。

シータの友だちであるスダの姿は見えなかった。

スダはここにいるより、いない時のほうが多い。彼女は売れっ子ではないというのを自分でも知っていたし、そのせいかあまり客を取るのが好きではないようだった。だから、ますます彼女は客が取れなくなり、それでさらに自信を失う。

悪循環がスダを巡っていた。

シータもいなかったので、しばらく待つつもりで立っていると、急にひとりの女が、裏のありそうな笑みを浮かべて私の前に立った。カルナニティだった。私を嫌っているのに、なぜか声をかけてくる。なかなか図太い神経を持った女だった。

「また会ったわね」

私は無表情で彼女を見つめた。

「あなたはシータを待っているんでしょ？」

カルナニティは、油断のならない笑みを浮かべながら聞いていた。

「いや。ただ散歩にきただけだ」

彼女はそれを聞くと笑った。

「ここにいる女たちはみんな知ってるわ。シータを待ってるんでしょ。あなたはシータしか選ばない。あなたは、シータを愛している。そうなんでしょ？」

私は何も答えず目をそらした。

「ねえ、あなたはシータが好きなんでしょ？」

何が目的なのか知らないが、カルナニティはしつこく聞いてくる。シータが以前、「ファックはＯＫ。ラブはＮＯ。ゲイランはそういうところ」といったのが私の脳裏にちらついた。彼女が何かを企んでいるような気配を感じる。

「シータを愛してるの？」

「俺はただの客だよ」

それを聞いてカルナニティはふたたび声をあげて笑った。

「じゃ、私とジキジキしない？　アナルはやらないけどブロージョブはいいわ」

彼女は小首を傾げて媚《こ》びを売る。

「いや、シータを待つ」

私は即座に答えた。

すると、カルナニティはその返事を待っていたかのように、首を振る。

「それは不可能よ。だから、私はあなたを誘っているの。あなたがシータを好きだというのはわかっている。だからシータがいたら、あなたを誘ったりしない。シータはもういないから、私はこうやって誘っているのよ」

それを聞いて、私は食い入るようにこの大柄の女を見つめた。

カルナニティは、どこかしら男を憐れむように見つめている。

かなり痩せてしまったシータと違って、カルナニティは豊かな肉と大きな乳房を持っている。彼女はその豊満な乳房を自分でつかんで私に笑いかけた。

私は彼女のいったことを考えた。シータはスリランカに帰るとは、私にいわなかった。

「あなた、シータから聞かなかったの?」

カルナニティは間違いなく私を混乱させようとしている。

「何を?」

「彼女は今日のお昼のフライトでスリランカに戻ったわ。タクシーでチャンギ・エアポートにいった。もし嘘だと思うのなら、他の女に聞いてみて」

私たちの会話に興味を示したのか、カーラとその取り巻きの女たちもやってくる。

派手なメイクに、ぱっちりとした目のカーラが、好奇心をむき出しの顔をして、カルナニティの話に耳をそばだてた。

「この人、信じてくれないのよ、シータが今日スリランカに帰ったというのを。私が嘘をついていると思っているの」

カルナニティがそんなことをまわりに話し出した。

まわりの女たちは、私に説得するようにいう。

「イエス。シータは帰ったわ」

「私も見た。彼女は帰った。彼女の国、スリランカに」

私は首を振って否定した。

「いや、そんなことはない。聞いてない」

「本当だって！」

「いや、信じない」

彼女たちは憐れむような目で私を見る。

痺れを切らしたカーラが私の前に立った。

「ねえ、聞きなさいよ」

彼女は馴れ馴れしく私の肩に手を置いて諭すようにいう。

「ねえ、あなた。よく、聞いて。シータはもういないのよ」

それを聞いて私は笑った。

「前も同じことをいってたな。でも、シータはいた」

「あのときは、ジョークだった。謝るわ。でも、今日はリアルよ。彼女は本当にここにはいないの。シータに聞かなかったの？　シータは、スリランカに帰ったのよ。これは冗談じゃないわ。本当よ」

「信じられない」

「嘘だったら、私は死んでもいい。私は冗談をいっているんじゃないの」

カーラは真剣な表情をして私の目をまっすぐに見つめた。

「本当だと約束するかい？」

私が尋ねると、カーラは大きくうなずいて「イエス」といった。

「嘘じゃないわ。シータはもう帰ってしまった」

そして彼女は空を仰ぐように見つめていった。

「スリランカに……」

†　信用できない女

私は動揺した。

カルナニティという女も、カーラという女も、とにかく信用ができない。しかし、彼女たちは真剣にシータが帰ったといい張り、まわりが口々に同意している。以前はそれで騙されそうになったが、今回は本当のようにも思える。

また嘘を言われているのか、それとも今回だけは本当なのか。もし、本当ならここには用がなかった。シータがいなければ、もうここには私がいる意味はない。私はハイエナだったが、いつものように他の女を試してみようなどと思うこともなく、ただこの場を立ち去ろうとした。

失意とショックが身体を駆け巡っていた。シータが私に何もいわずにスリランカに帰国してしまったとは思えなかった。しかし、シータは「ベイビーに会いたい」としきりにいっていたし、ここ数日の騒動でシータもビジネスができなかった。他に帰国してしまった女たちも多い。

そう考えると、私は混乱してきた。

「もうシータはいないのだから、私とホテルにいかない？」

カルナニティやカーラは執拗に誘ってくる。

私は彼女たちを振り切って、とにかく泊まっていた安ホテルにひとりで戻った。自分の部屋に戻って真っ先にしたのは、シータの携帯電話に電話することだった。ホテルの部屋から電話をすると、呼び出し音が数回なったあとに、咳払いと、しゃがれた声の「ハロー」が聞こえてきた。シータの声だったが、疲労が蓄積しているのがわかる。

「シータかい？　俺だよ。今、どこにいるんだい？」

「いつものところよ」

シータはぶっきらぼうにいった。

「スリランカに帰ったんじゃないのかい？」

電話の向こうで沈黙があった。

「それはどういう意味？」

彼女のいら立たしげな、怒ったような声だった。

「スリランカに帰るなんて、あなたにいってない」

それを聞いて、私は身体の力が一気に抜けた。

私はついさっき、いつものロロン十八の路地裏にいったことや、カルナニティやカーラたちに「シータは今日スリランカに帰った、これは冗談ではない」とシリアスな顔でいわれたことをシータに伝えた。

「ＮＯ！」

シータは叫ぶ。シンハラ語で怒っている声も聞こえる。

そして、しばしの沈黙があった。

「すぐにあなたのホテルにいくわ。いってもいい？」

「もちろんだよ」

私は答えた。

「あなたは来ないで。私があなたのホテルにいく」

やがて、やって来たシータは憤怒の表情を隠そうともしなかった。

彼女は怒りをむき出しにして、半べそをかいていた。

「前にもいったでしょ。あの女たちを信じないように、あの女たちとは話をしないように、と。彼女たちは悪い女で平気で嘘をいうの。あの女たちはあなたとファックして、お金を盗もうと考えている。だから、あなたはけっして信じちゃいけないわ。カーラも、カルナニティも、信用できない女なのよ」

「まさか、あんなにシリアスな顔で嘘をいうとは思わなかったよ」

「どうして？　彼女たちならそうするわ」

　シータは叫ぶようにいった。

「あの女たちは毎日そうやって男を騙しているのよ。三十ドルだといって、ホテルに入ったら百ドルだといったり、男が裸でシャワーを浴びてると、財布を盗んでファックもしないで出ていったり。毎日、そんなことをして生きているの。あの女たちは危険な女なのよ。だから、もう彼女たちと話さないで」

　シータは興奮し、感情も高ぶっていた。

私が彼女を抱きしめると、彼女は私の耳元で話し続けた。

「あなたのことは、あそこでは噂になっている。あの女たちは嫉妬している。ゲイランは、ファックはＯＫだけど、ラブはＮＯなの。ラブがあると、他の女たちが嫉妬する。そして、女たちはそれを壊そうとする。ひとりの女が、ラブで幸せになるのを許せない。私が何をいっているのか理解できた？」

「わかってる」

「あなたが私を愛するのは危険なことなのよ」

シータと同じスリランカから来た女たちは、お互いに相手を信用していないように見えた。女たちは自分を含めて三人から五人くらいの小さなグループでひとつのグループを形成している。この小さなグループでは、それなりに信用し合っているようだ。

しかし、それ以外の女とは違う。顔見知りではあっても、互いに相互扶助する関係にはなっていなかった。それどころか、お互いに足を引っ張り合ったり、悪口をいい合ったり、牽制しあったり、相手をけなしたりしているのだった。

彼らは仲間ではあったが、同時に敵でもあった。自分の客を奪う敵だ。

そして、シータに私という「特定の客」ができたのを嫉妬して、彼女たちは寄ってたかってそれを壊してしまおうと思っているのだった。日本から来た奇妙な男と、痩せっぽっちの女の仲を破壊してしまおうと……。

そうしているうちに、シータの携帯が鳴った。

シータが出て、それから私に電話を渡した。

「下にいる。金を払え」

男の声がいった。

私は下に降りて、坊主頭で人相の悪い使いっ走りに金を払った。

すると、男は私の胸ぐらをつかんで自分に引き寄せ、それからいった。

「まずは金を払ってから連れていけ。今度、勝手にシータを呼んだら殺す」

私が何も言わずに去ろうとすると、男はふたたび私を呼びとめる。

「シータとは終わりにしろ。お前は信用できない」

† これが、私の人生

その夜。泊まっている安ホテルのエア・コンディションが急に壊れた。安ホテルではよくあることだ。しばらくすると、熱帯特有のねっとりと重い空気が裸の身体にからみつく。部屋の温度がじわじわとあがっていく。それでも、ベッドの上で、シータは一晩中、私を離さなかった。両腕を私の首に回していた。熱帯で生きる女特有の光沢と艶のある肌が汗に濡れて熱く息づいている。

「いつまでゲイランにいるつもりなんだい？　ゲイランで死んだ女もいる。ゲイランで摘発された女もいる。カーラやカルナニティのような悪い女にも囲まれている。これからどうするつもりなんだい？　今、君はどう考えているんだい？」

「そうね……。それでもここで生きるしかない。他に道はない。お金を稼がないと」

シータは疲れ果てたようにいった。

「疲れているのかい？」

長い沈黙があった。

「シータ。君はどんな人生を送って来たんだい？」

「私の人生？」

シータは考えるようにつぶやいた。

「私の人生……。私がここにいるのは、そしてスリランカの女たちがゲイランでビジネスをしているのは、すべては戦争のせいよ」

そして、シータは途切れ途切れに、そして想い出した順番に、あるいは同じ話を重複させながら長い話を私にした。

「生まれたときから、もうタイガーとガバメントは戦争をしていたわ」

タイガーとは〝タミル・イーラム解放のトラ〟、通称ＬＴＴＥのことだ。ガバメントというのは、スリランカ政府だ。

タイガーという言葉をシータは吐き捨てるようにいっていた。

「戦争は今でもまだ続いている。戦争は終わらない。私が十四歳だったとき、ＰＡ（人民連合）が選挙に勝って、これで戦争が終わるとママがよろこんでいたのを覚えている。でも、終わりはしなかった。いつも、戦争が終わる、戦争が終わると政治家はいうけど、終わらなかった。戦争はいつまでも続いているの」

シータはタバコに火をつけて、天井に白煙を吐いた。

「ゲイランにスリランカの女たちが立っているのは、政治家が戦争をストップすることができなかったからよ。私たちの国はずっと戦争をやってきて、もう自分たちの国では生活できなくなっているの」

「君はコロンボに住んでいるのかい？」

「最初、私たち家族はスリランカの中部の村に住んでいたわ。シンハラ人だけの村で、近くにはタミル人もいたけど争いはなかった。でも、ある日、何の前触れもなしに、いきなりタミル・タイガーの兵士たちがやってきて、爆弾を投げて何人もの人たちが死んだの。私の友だちも死んだのよ。彼女、信じられないくらい頭の良い子だった。まだ子供だったのに彼女はシンハラ語もタミル語も英語も話すことができた。今でもときどき彼女のことを夢に見るわ」

「君の家族は？」

「私たちの家族は大丈夫だったけど、みんなで震えていた。それ以来、ガバメントの兵士やタミル・タイガーが村の周辺で撃ち合いをするようになって、もう村は危険で住めなかった。私たちの家族は村を出て、お父さんの親戚が住んでいるインドに向かった。でも、お母さんがインドには馴染めなかったの。私もインドは嫌いだった。インドではいじめられたわ」

「そうだったのか……」

「いろいろあったけど、パパとママは別れたの。戦争のせいで、家族はバラバラになってしまった。でも、スリランカに戻ったところで、私たちはどうやって生きていけばいい？　私たちはお金もなければ、家もなかった。そして、スリランカには仕事はない」

　シータは顔にしたたる汗を拭う。

「なぜシンガプルでビジネスしなければならないのか、あなたは理解できた？　すべては戦争のせいよ。いつまでも終わらない、戦争。殺し合いばかりする人たち。彼らのせいで、スリランカは住めなくなってしまったの」

　そして、シータは私をぎゅっと抱きしめた。

「子供のために、私はお金を稼がなければならないの。お母さんのために、家族のために、生きていくために、お金が必要なの。そのために私は何だってする。誰も私たちの家族を助けてくれない。誰が助けてくれるというの？　誰も助けてくれはしない。だから、私がお金を稼がなくちゃいけないの。お金が稼げる限り、このビジネスを続けるわ。病気は怖いし、エイズで死ぬかも知れない。でも、私のかわいいベイビーが生きていけるのなら、私はそのために死んでもいいと思っている」

　シータはタバコを吸い続けていった。

「これが、私の人生なのよ」

　そういいながら、シータは立ちあがってショルダーバッグから何かの薬を取りだして、それを無造作に口に放り込み、それから私のミネラルウォーターのボトルを取って中身を飲んだ。さらにショルダーバッグを見て、一枚の写真を取り出すと私に見せてくれた。そこにはシータと、母親らしき年老いた女性と、赤ん坊が映っていた。

「戦争がなければ、ママと私のベイビーと私で暮らせるのに」

彼女はそういって咳き込んだあと、またタバコをくわえて火をつけた。

†　私を愛すべきではない

この日、シータはひどく神経質で、無口で、悩んでいた。無言でタバコを吸って、狭い部屋を動物園の動物のように何度も行き来した。

「落ち着かないのかい？」

私が声をかけると、シータは強く抱きついてきて、私を長い間じっと見つめた。

「私、ずっと考えているの。あなたが誰なのか。あなたは日本のパスポートを見せてくれたけれど、あれはパスポート・カンパニーが作ったニセモノかもしれない。だから、本当に日本人なのかどうかもわからないわ」

私はシータが何を言いたいのかわからず、小首を傾げた。

「俺は日本人だよ」

「友だちのスダは、日本人じゃないかもしれないっていってるわ」

「なぜ？」

「だって、日本人はこんなところにひとりも来ないから。でも、私にはそんなことはどうでもいいことなのよ。あなたが誰でも関係ない。あなたは優しくて、私と一緒にいてハッピーだと思ってくれる。それだけで、私もハッピーなの」

しかし、シータが今は幸せに思っていないのは表情でわかる。憂鬱になり言葉数も減った。シータは私から顔をそらして、眉間に深いしわを寄せて無口になった。

「どうかしたのかい？」

「どうもしない」

シータは首を振った。

しかし、それは嘘だった。シータは何か考えていた。そして、何か不信を感じているようだった。私が問いつめると、彼女はふたたび肩をすくめて、それから口を開いた。

「私は今まで、ここにくる男たちをたくさん見てきた。彼らはただ楽しみのために、自分が気持ち良くなるために女を選ぶ。でも、あなたは違うのね。あなたを見ていると、ときどき怖くなるわ。あなたはジキジキ《セックス》が目的じゃなくて、何か違う目的があるような気がする」

「違う目的」

「わからないけれど……」

シータは口ごもった。

「あなたが何のためにゲイランにきて、私といるのか、わからないから怖い。あなたは私が好きだというけれど、何かが違う。何かわからないけれど、何かが違う。あなたは他の人と違い過ぎる。とても優しいけど、怖い。あなたは私の心の中に入ってくるの。心の中に。そして、私のことをすべて知りたがる。どんどん私の人生に入ってくる。それが怖い。あなたは、誰なの？」

「俺は日本人で、ただの客《カスタマー》だよ」

私は答えた。

「私と一緒にいる目的《パーパス》は何なの？」

「目的《パーパス》？」

「ただ、好きなだけじゃないと思う」

シータが私の何を恐れているのかわからなかった。しかし、シータは私を信用していいのかどうか、そこのところから確信を持てないでいるのがわかった。いわれてみたら、たしかにそうかもしれない。異国の歓楽街で野良犬のようにセックスワーカーを追いかけている日本人のことなど理解できる人間はいないはずだ。

同じ日本人でさえ、私のことを理解できない。

「目的なんかない。今は君と一緒にいたいと思っている」

「それだけ？」

「それだけだ」

シータはまた考え込むような表情をして黙り込んでしまった。

また長い長い沈黙があったあと、シータは私を見た。

「ねえ、言いにくいことがあるの。ボスからも、まわりからも、あなたを切れといわれてるの。別れろと……」

「そんなのは、気にしなくてもいい」

私はそういったが、シータは首をふった。

「考えてみたの。本当のことをいうと、あなたは私を愛すべきではない。なぜなら、あなたにとって良くないことだから」

「そんなことはない」

「私は商売女《ビジネス・ウーマン》だというのを忘れないで。あなたはこんなところにこないで、普通の女を好きになったほうがいい。あなたなら、ゲイランの女ではなくても誰か見つかる」

それを聞いて私は笑った。

「普通の女？　そんな女は興味ないね」

それを聞くと彼女は自分の額を手のひらで叩いて天を仰ぐ。

「あなたは間違った道を歩いているわ。自分でもわかっているでしょ？」

私はシータから顔をそらした。

「私もあなたが好きだけど、このビジネスをしているのだから、あなたを愛せない。ここでは男を愛したら私は終わりなの。私のいっていることがわかっているわね？　ファックはＯＫ。ラブはＮＯよ」

シータの声が疲労で枯れた。そして、彼女は少し咳き込んだ。

たしかに、シータが立っているあの場所は、私がいくたびにトラブルになる。カーラやカルナニティだけでなく、いまや全員を敵に回しているような状況になってしまった。しかもシータまで孤立してしまっており、エージェントからも切れと言われているのだ。シータは精神的に追いつめられていた。

体調も悪化していて、どんどん痩せてしまっている。ゲイランの過酷なビジネスがシータの健康をむしばんでいるのもあるだろうが、私もまたシータの心の重荷になってしまっているのは間違いない。

シータはタバコを浴室に投げ捨て、それからショルダーバッグから何かクスリの錠剤の入ったパケットを取り出すと、それを手のひらに乗せてから口の中に放り込んで飲み込んだ。緑色の丸い錠剤だった。

「シータ、それは？」

「ビタミン《ウエイタミン》剤よ」

その瞬間、私は怪しいクスリを路上で売っていたワンのことを思い出した。シータの飲んでいる「ビタミン剤」はまぎれもなく、あのワンが売っていたものと同じ錠剤だったはずだ。私が驚いていると、シータは部屋にあった私のミネラルウォーターを取って、今度はすべて飲み干した。

「私たちは、もう続けられないかもしれない」

シータはそのようにいった。

「私はもっと会いたいけれど、もう難しい」

第三章　窮地と絶望

†　六百人の男との関係

私は日本に戻った。

日本に戻ってから数ヶ月もすると、シンガポールの背徳区、ゲイランのことは遠い世界のことのように感じるようになった。しかし、シータのことを思うと、とたんにそれがリアリティを持って私に迫ってきて、早くあそこに戻ってシータに会いたい気持ちが湧いてくる。

シータも私も、本当は関係を終わりにしたいとはまったく思っていない。

しかし、あの環境でシータに会うのは難しかった。会っても、またトラブルまみれになるだけだ。そんな中で、シータと再会して、うまくいくのだろうか。

それに、もうシータは心変わりしているかもしれない。

シータはビジネスをしている。男に抱かれて、人生を生きている。一日五人の男と交わり、一ヶ月で二十日間働いたとすれば、それだけで百人の男を相手にすることになる。無数のおびただしい男が、良い男も悪い男も関係なく、シータの肉体を通り過ぎていく。次から次へと。

単純計算でいくと、半年くらい間を空けると、次に会うとき彼女は六百人の男との関係を間に挟んでいることになる。これだけの男とかかわれば、私の印象など、薄れて過去のものとなっているだろう。

もしかしたらシータは他に気に入った男を見つけているかもしれない。ありえないことではなかった。六百人もの男がいるのであれば、そのうちの何人かはシータと心が通って当然なのだ。

そうなっていたとしても、シータを責めることなどできはしない。

それがシータの人生だし、私もそうやって彼女と出会った。

そして、問題は私のほうにもある。

私もまた、ハイエナのように背徳の世界をさまよいながら生きている。次にシータと会うまでのあいだに、数十人の女と関係を持つ。私は二十歳からそうやって、漂流しながら生きてきた。仮にシータに会って、シータと駆け落ちして、シータと暮らしはじめたとしても、そんな生活が改まるわけがない。

「それに、あの緑色の錠剤だ……」

シータが飲んでいたビタミン《ウエイタミン》剤が気になった。

あの薬の成分が何なのかわからない。しかし、路上で隠れて売っているようなクスリを飲んでいいわけがない。シータの身体はますますボロボロになっていくはずだ。最後に会ったときも、かなり痩せてしまっており具合が悪かった。

もうシータの身体は持たなくて、ゲイランにはいないかもしれない。

そういうことを考えると、シータがドアを閉めて出ていった瞬間に、私とシータの関係は終わったと考えるのが現実的だった。

もうシンガポールにはいく気はなかったが、このままでは気が収まらなかった。半年ほど逡巡したあと、私はまたシンガポールの土を踏んだ。シンガポールが何度目かはもう覚えていないが、相変わらず私の向かう先はゲイランであるのは変わらなかった。半年たっても、シータのことは忘れられなかったのだ。

しかし、いざシンガポールについてゲイランのホテルにたどり着くと、どうしてもシータのいる、あのストリートに向かうことができなかった。

歩けばほんの数分のところに、ロロン十八から二十の裏道があり、そこにいけばシータが立っているかもしれない。そこに、いけなかった。あそこにいけば、会いたいはずのシータに会えるとわかっていたのにいかなかった。

覚悟ができていなかった。

シータに会いたいが、シータを苦しめたくないという気持ちもあった。それに、あのカーラやカルナニティにも会いたくなかった。また、執拗に私やシータを敵視してくるだろう。

こんなことなら、わざわざシンガポールにこなければよかったと思ったが、すでに私はゲイランにいる。中途半端な気持ちを抱えながら、私はホテルの部屋でひとり嘆息し、自分の愚かさを呪い、これからどうするのか考えていた。

そして、不意に私は選択した。

明るく、騒々しく、何もかも忘れるところを私は欲していた。

そういう場所がシンガポールにはいくつかある。それを私は知っていた。シンガポールのもうひとつの背徳の場所、オーチャード・タワーだ。

†　オーチャードタワー

私は昼間のオーチャード・タワーを見たことがない。昼間はディスコやバーは閉まっており、何でもない普通の店が開いていてショッピング・モールとなっているようだ。

コンビニエンス・ストア、スーパーマーケット、マネー・チェンジャー、ベジタリアン専門のレストラン、クリニック、健全なマッサージ屋、宝石屋。そんな店が軒を並べて商売をしている。しかし、夜になればそういった用のない店はすべて閉店する。

そして、ここにビジネスをする女たちとハイエナの男たちが集まってくる。

刹那的な快楽を探してうろつく男女を受け入れるのは、イパネマ、クレイジー・ホース、トップ・テンといったディスコ・クラブ関係である。シンガポールに遊びにきた観光客、シンガポール在住の外国人、あるいはたまにシンガポールに寄港するアメリカ軍の兵士がその主な客になっている。

　私はゲイランからタクシーに乗ってオーチャード・タワーまでいき、入口でタクシーを降りてまわりを見回した。数人の性転換者《トランスジェンダー》が道ばたにさりげなく立っており、入口にも十数人の女たちが出入りする男たちを見つめて、秋波を送っている。私が中に入ろうとすると、数人の女たちが私の腕を強引につかんだ。

「ねえ、あなたどこから来たの？　私とホテルにいかない？」

　私を振り向かせるのはフィリピンから来た女の二人組だった。

　フィリピーナはゲイランにはいないが、オーチャード・タワーにはいる。ゲイランを仕切る組織と、フィリピーナを仕切る組織には接点がない。だから、フィリピーナはゲイランに立つことはない。

「音楽を聞きたいんだ」

　私はそういって、女たちを断った。

　どこでもよかったが、クレイジー・ホースというディスコに入った。

　男の手荷物はロッカーに預けないと店内に入れてくれない。経営者はこのディスコを写真に撮られたり、スリや置き引きで事件沙汰になったり、刃物や銃が持ち込まれたり、ドラッグが流通することを恐れている。

この年の一月には、クレイジー・ホースわきの廊下からいける立体駐車場で、車の中に二人の男女の遺体が見つかった。何が起きたのか知らないが、歓楽街は往々にして事件の現場になるものだ。だから、ディスコやクラブの経営者たちはそういうのに巻き込まれるのを恐れて、荷物を絶対に店内に持ち込ませなかった。

もっとも、店内は無法地帯だ。

外国人の女と外国人の男が一夜の愛を求めて、激しくモーションを送りあっており、この店の存在自体が、良心派から見れば、犯罪的なものだったに違いない。

この日も、暗い店内で交差する瞬間的な光に照らされた男と女が、大音響の音楽の中で激しく、狂乱的に踊り狂っていた。

身をくねらせて踊り狂っているアジアの女は、外人の男たちとの一夜のスリルを求めてやってきたシンガポール人だった。壁ぎわに立って男たちに目をやっているのは、タイやフィリピンからきた異国の女だった。

現地の女と、金を稼ぐためにやってきた女は立場が違う。

セックスワークのためにやってきた女は生活がかかっている。

だから、けたたましいディスコ音楽や雰囲気など、どうでもいい。ただ自分が選ばれれば、それでいい。彼女たちはディスコの中にいて楽しんではいない。シンガポールの女たちのように、無邪気に楽しんでいない。楽しんでいるフリはしているが、それよりもやってくる男たちをじっと男たちを見ているのだった。

私がひとりで飲んでいると、何人かの女たちが声をかけてきた。

「ハロー、あなたはひとりなの？　どこから来たの？　お仕事、それとも休暇？」

そういって、いろんな国の女が次々とやってくる。

私は答えなかった。

せっかく来たのに、声をかけてきた女たちに関心が向かなかった。

そうやって黙々と飲んでいると、もう誰も声をかけてこなくなった。そこで、やっと私はまわりを見た。すると、ずっと私のことを観察していたらしい女が、私の目の前まで近づいてきた。二十代後半で栗色の髪をしていた。

私たちの視線が交差すると彼女は笑みを浮かべた。

「ハロー」

彼女が握手を求めたので私はそれに応える。

彼女の発音ですぐにタイ人であるのがわかった。

「あなたは愛を失ったの？」

大音響の中、彼女は私の耳元で唐突にそういった。

私が驚いて彼女を見ると、彼女はこういった。

「あなたは楽しんでいない。でも、ここにいる。それで私は思ったの。あなたは、何かを忘れようとしている。ガールフレンド？　パートナー？　それで、あなたに聞いてみようと思ったの。あなたは愛を失ったのって？」

世の中には直感が鋭すぎる女がいるが、彼女はそういうタイプのようだった。

「私、プロイよ。今日は私が愛してあげるわ」

彼女はいった。

プロイは私にからみつき離れなくなった。

「あなたのホテルはどこなの？」

彼女は尋ねる。

「ゲイランだよ」

そう答えると、彼女は驚いた顔で私を見つめるのだった。

「ゲイラン？　あなたはゲイランのホテルにいるの？　それならこんなところまで来なくても、ゲイランの女を捕まえれば良かったのに」

「今日は、ゲイランの女とは会いたくない」

そう答えると、プロイは困惑したような顔で私を見つめる。

しかし、ゲイランで何かあったのだろうと察したようで、もう何も聞かなくなった。

それ以上のことを尋ねる理由は、彼女にはない。

それにしても、いいにおいのする女だった。それは、香水のにおいと女の微妙な体臭と混ざり合ったような、溶けるような甘い香りだった。

　においは強くもなく、弱くもない。

彼女の存在を引き立てるような、心のうずくにおいである。

「いいわ。あなたのホテルにいきましょう」

彼女はいった。

私たちはディスコを出て、タクシーでゲイランに向かった。

そして私はプロイを自分の部屋に連れ込み、裸にした。男を狂わせるにおいの中に顔を埋めて彼女とボンボン《セックス》をしようとした。

ところが、私はできなかった。

裸の女を前にして、私はまったく反応しなかった。

私はただ呆然とするしかなかった。欲望を遂げることができなくて驚いている。焦燥感に駆られたが、うまくいかない。それは失敗する。やがて、私はあきらめた。すると、プロイは、私をじっと見つめて抱き寄せた。

「大丈夫よ、坊や《ボーイ》」

彼女は私を慰めるようにいった。

「男にときどき、こういうことがあるの。できないときがある。でも、心配しなくても大丈夫よ。よくあることよ。次は大丈夫だと思うわ」

見知らぬ女に慰められて、私は何もいわずに天井を見つめるしかなかった。

「やっぱり愛を失ったのね。何かトラブルを抱えているんでしょ？　だって、あなたはずっと他のことを考えているように見えるわ。クレイジー・ホースにいたときから、ずっとあなたは何かを考えている。タクシーの中でも、あなたは何かを考えていた。あなたの目は、私を見ていなかった。今も考えているのね」

そういって、この優しいタイの女はにっこりと笑った。

プロイには、すべてお見通しだった。

私が彼女の胸に顔を埋《うず》めると、彼女は私を抱擁した。

「いい香りがする」

私がいうと、プロイはうなずいた。

「女の、においよ」

† ウェイタミン

いつだったか、シータと香水の話をしたことがあった。

「私は香水をつけていない。持っていないの」

だからシータは「香水が欲しい」といった。

香水が欲しい、というのを、シータは「香水を着たい」と表現した。

「香水を着る？」

それはひどく変わった表現に思えた。

「香水はつける《プット・オン》というんじゃないのかい」

私が笑うと、シータは逆に笑う。

「香水をつけるって、それはおかしいわ。香水は着る《ウェア》というのよ。化粧《メイクアップ》も着る。香水を着る。私は香水を着るというわ」

私はそれがシータ独特の表現だと思った。しかし、あとで調べてみると英語圏では「化粧を着る」「香水を着る」というのが、ごく普通の使い方なのだと知った。

表現が違うといえば、錠剤を指して「薬を飲む」という表現も違うといわれたことがあったのを思い出した。外国では、錠剤は「取る」ものであって「飲む」とはいわないという。だから、シータは「薬を飲む」とはいわない。「薬を取る」という。私はシータの取っていたあの緑の錠剤のことを考えた。

この日、私はロロン六の方面に向かって歩いていった。ゆっくり歩いていると、例によって路上で安っぽいイスに小さな段ボールの箱を置いて怪しいクスリを売っている男が何人か見つかった。そのうちのひとりに見覚えがあった。

ワンだった。

私がワンの前に立つと、ワンは私のことをすっかり忘れているようだった。私を呼びとめて、箱の中のクスリからバイアグラを取って「ほら、見てくれ」といった。

「バイアグラだよ。これはカマグラ。他に何でもある。必要だろ？」

そして、ニヤニヤしながら自分の陰部をジーンズの上から叩く。

「これを取ると三回でも四回でもファックできる」

前とまったく同じセリフだった。

「それは必要ない」

「ＯＫ、ＯＫ。しかし、ここはゲイランだ。これを使ったらいくらでも女とできる。一日中エレクトだ。一回試してみてくれ。俺も使ってる」

「他にはないのか？」

「お前、疲れてるだろう？　顔が疲れてる」

「たしかに疲れている。何かないか？」

「ある」

それからワンは刺青の入った腕を私に回し、まわりを警戒してポケットから小さいパケットに入った二錠の錠剤をちらりと私に見せた。例の緑色の丸い錠剤だった。

「これは、ビタミン《ウェイタミン》剤だよ」

ワンはいった。

「どういう種類のウェイタミンなんだ？」

「取ればわかる。頭がクリアになって元気になる」

「成分は？」

「ただのビタミンだ」

ワンはとぼけた。

「なるほど、興味深い。それで、いくらだ？」

「一パケット、十ドルだ」

「高いな」

「OK、OK、OK、OK。じゃ、八ドルにしておこう。その代わり、次も俺から買ってくれ。他の奴から買ったら質が悪い。俺のは質がいい」

私が八ドルを渡すと、ワンは素早くパケットを私に渡してくれた。そのパケットの中に入っている二錠の錠剤をよく見たが、たしかにこれはシータが飲んでいたのと同じものだった。

「おいおい、早くポケットに入れろ。これは貴重なウェイタミンなんだ。他のやつには見せるな。他のやつがこれを見たら欲しがるから黙ってろ。じゃ、行け。また欲しくなったらいつでもこい。俺の名前はワンだ。俺がいなかったら、そこらへんの奴にワンはどこだと聞け。ＯＫ？」

「ＯＫ」

　私は生返事で答えた。

　ポケットにワンの奇妙なビタミン剤を入れたまま、私はロロン十二まで歩いていく。年老いてしまった女たちがストリートでビジネスをしている界隈で、ここにくると相変わらず空気がどんよりしていた。何人かの女が、ちらりと私を見たが、やはり誰も声をかけてこなかった。

　用があるのは年老いた女たちではなかった。髪がボサボサで、化粧もせず、狂犬のようになってしまったあの女、ドラッグ依存の女だ。ざっと見たところ、彼女の姿が見当たらなかった。いれば、すぐにわかるほど目立つ女だったが、さすがにもういなくなってしまったのかもしれない。

　私は四十代くらいの異様に太って厚化粧をしたミニスカートの女と目が合ったので、

「ジャンキーの女はもういないのか？」と聞いた。

「あんたは、彼女が好きなのかい？」

女は鼻で笑って、値踏みするように私を上から下まで見た。

「やめたほうがいいよ。彼女は頭がおかしくなってる」

「知っている」

「エイズ《アイズビン》にもかかってる」

「それは知らなかった」

「私はエイズじゃないので安全だよ」

女はさりげなく売り込んできたが、私は無視した。

「それで、彼女はいないのか？」

そういうと、女は黙って手を差し出してくる。

「三ドルくれたら教えてあげる」

私は三ドルを差し出す。

女はそれを引ったくるようにして取り、それからゆっくりと巨体を揺らしながら歩き、私を建物の裏側に連れていく。狭い壁と壁とのあいだにゴミ箱やガラクタや自転車などが無造作に置かれていたが、その裏側にひとりの女が建物の段差に座って足を抱えて寝ているのが見えた。

「ユーシィはあそこだよ。いつもあそこで寝てるんだ」

「ユーシィか。彼女は英語は通じるのかい？」

「通じるよ」

彼女はそういって、去っていった。

私はこの狭い空間に入っていき、ユーシィの前に立った。

彼女は寝てるのではなく、疲れ果てて休んでいるだけだった。私の気配を感じると、黙って顔を見あげた。相変わらず髪はボサボサで、顔は薄汚れ、ホームレス特有のにおいがした。目やにがついている。

「ユーシィ、教えてほしいんだ」

私は英語で尋ねて、ポケットから買ったばかりの「ビタミン剤」をユーシィに見せた。そのとたん、ユーシィは「アー」と言いながら、それを受け取ろうとする。私は手を引いてユーシィに取られないようにする。

「ユーシィ、これは何か教えてくれ」

「ドラッグ……」

「何のドラッグだい？」

「ヤーバーよ」

「なるほど。ヤーバーか。つまり、メタンフェタミンかい？」

「そう、メタンフェタミンよ」

聞きたかったのは、それだけだった。このドラッグの正しい正体がわかった。

「ねえ、それ欲しいの。私をファックしてもいいわ」

私はこれを欲しがっている彼女に渡し、すぐにここを抜けた。


ヤーバーとは、タイで乱用されている錠剤型の覚せい剤だった。メタンフェタミンが含まれていて、タイでは社会問題にもなっている。これがシンガポールにも流れてきていて、シータにまで到達していたのだった。


シータが極度に痩せていったのも無理もない。ドラッグだった。

過酷な夜のビジネスを続けるために、ドラッグに頼るようになっていたのだった。

†　誰も、私を欲しいと思わない

夕方、ひさしぶりにシータのいるあのストリートを歩く。

神経がピリピリと緊張する。

すでに女たちが何人か立っていたが、まだ夕方だったのでカーラやカルナニティがいなかったので安堵する。もっとも、女たちの中にシータも姿はなかった。彼女たちは真夜中にいるので夕方は別の女たちだった。ゆっくりと連れ込み宿の入口のほうに移動すると、入口ドアのわきには椅子に座った顔見知りの女がいた。

スダだった。

彼女も私を覚えていて、目が合うと驚愕の表情を浮かべて口を押さえる。

それから、私たちは互いにはにかむような笑みを浮かべた。

「驚いたわ。また会えるとは思わなかった」

「シータはいるかい？」

「今はいないわ。彼女は夜の七時過ぎにならないと来ないの。今は寝ているはず。シータと会いたいのなら、夜にもう一度来てみて」

私はうなずいた。

「ひさしぶりだね、スダ。君は元気でやっているのかい？」

スダは肩をすくめて哀しそうな笑みを浮かべた。

「私はあまり元気じゃないの。たぶん、あなたはわかると思うけど、私はあまりここでは稼げない。私は美しくないから。他に美しい女がたくさんいるから、私がここで生きていくのは、とても難しい。だから、あまり元気じゃない」

「スダ、君はきれいだよ」

私は心からそういった。

「俺は君が好きだよ。君はカーラやカルナニティと違って、とても正直だし良い心を持っている。俺はとても好きなんだよ。それに、君は他の女に負けない。ただ、シャイなのが問題なんだと思う」

「ありがとう。あなたも、とても優しいわ」

スダが手を差し出したので私たちは手を握り合った。

「でも、シャイなのは私の性格だし、カーラのようになれないわ。カーラはここでは本当によく稼いでいる。彼女は良い心を持っていないけれども、男たちはみんなカーラを欲しいと思っている。誰も、私を欲しいと思わないの」

彼女は否定されていた。

古くなってくたびれてしまっていたが、きちんと整えられた中間色の清潔なサリーを身にまとい、彼女はじっと男を待っていた。しかし、誰も彼女を相手にしようと思わなかったのだ。彼女の着るサリーは地味だった。そして、彼女はセックスワーカーというよりも、貞操を守る誰かの妻に見えた。

だから、ゲイランで彼女は否定されていたのだった。

ここでは慎ましい態度は罪なのだ。ここでは、恥知らずに、破廉恥に、猥褻にならなければならなかった。しかし、スダはそれができなかった。彼女には知性があり、控えめに振る舞うことができたが、その育ちの良さが逆に彼女を追いつめていた。

私は彼女が好きだったが、スダはゲイランにいるべきではなかった。

以前、私はシータにスダのことを尋ねたことがある。

「スダも、スリランカから来たのかい？」

シータは首を振って否定した。

「スダはスリランカ人じゃないわ、マレーシア人《マレイシアン》よ」

「マレーシア人だったのか？」

「彼女はインド系の血を持っているけど、生まれ育ったのはマレーシアよ。だから、彼女はとてもシャイなのだと思う。マレーシア人は、シャイな女の子が多いと私は思う。スダも、そうだった。私はマレーシア人が好きよ。信用できる人が多いわ」

一度ホテルで睡眠を取った。午後の九時頃に起き出して、近くの中華料理屋で食事を食べたあと、シータに会いにいった。たぶん、スダはシータに私が来ていることを伝えているはずだ。シータが私と会いたくなければいないだろうし、そうでなければ、いる。もし、シータがいないのであれば、それが彼女の答えでもある。

私は暗闇の中をゆっくりと歩いていった。

ストリートの端には大声で歓談している男たちと女がいたのだが、見るとカーラだった。相変わらず、うまくやっているようだ。彼女に気づかれないように他の男にまぎれるように歩いたが、カーラは誰かと話しながらもまわりに視線を飛ばすタイプなので、彼女の目から逃れることはできなかった。カーラの顔には驚きの表情が浮かんだが、私はカーラを完全に無視して通り過ぎる。

連れ込み宿の入口のところに目をやると、私はすぐにシータを見つけた。

暗闇の中で、多くの女がたむろしている中、私はまるでシータがそこにいるのを予知していたかのように、何の迷いもなく彼女の姿だけを的確に捕らえていた。

シータ……。

ひさしぶりに会うと、彼女の荒廃はますますひどくなっていた。針金のように痩せて、異様な雰囲気を発していた。美しいといえば美しかったが、それは壮絶な美しさだった。頬がこけ、痩せたせいで鼻の高さが際立ち、あたかも人類から鳥類になろうとしているかのような感じがした。

私を見つめるシータの表情は、空を支配する肉食の荒鷲が、獲物を見据えるような凶暴さに満ちており、恐らく普通の男なら恐れただろう。しかし、私は痺れるような陶酔を感じた。

シータもこちらを見ていた。

お互いに存在を確認した。

しかし、私たちは無表情で、まるで相手のことをまったく知らない他人のように振る舞っていた。挨拶さえしなかった。不用意な親しみを示す挨拶は、ここでは不要だった。そして、シータはもともと他人の前で親しげな笑みなど浮かべるような女ではなかった。

それだけは徹底していた。

「いくら？」

「五十ドルよ」

「高くなった。ディスカウントしてくれ」

「ディスカウントはしない。気に入らないのなら他の女にして」

シータは冷たくいい放った。

私はただ黙ってうなずいて、彼女を連れ込み宿に促した。

†　誰も知らない遠いところ

部屋が空いていないので、私たちは待ったが、私もシータもひとことも話さなかった。目も合わせなかった。シータはタバコを吸いながら自分を抱きしめるように腕を組んで、上半身を上下に揺らしている。まるで寒さに震えているような様子だったが、室内は寒いどころか湿度が高くてむっとしている。

それは、もしかしたらシータが常用しているドラッグの作用かもしれなかった。

やがて部屋のドアが空き、知らないインド人の男女が出て行き、連れ込み宿の掃除人が適当な掃除をしてから、私たちはやっと部屋に入る。

部屋のドアを閉めると、私たちは互いに抱きついて熱い抱擁を交わし、キスをしながらベッドに倒れ込んだ。

「もう二度と会えないと思った。私、会い続けるのは難しいといったから」

「会いたい気持ちがとめられなかった」

私がいうと、シータは思いきり私を抱擁する。外で冷淡な態度を取っていたのを取り戻すかのように、彼女は私にしがみついて離れなかった。

「スダから聞いたわ。夕方も来たのね。夕方から私を捜しに来てくれたのね」

「そうなんだ」

私がシータに元気なのかどうか聞こうとすると、シータは私の頬を両手でつかみ、そして私の唇を自分の唇で塞いだ。タバコとコーヒーのにおいのする唇で私に何もいわせなかった。シータは何かせっぱつまっており、性急で、どことなく投げやりに見えた。かつてのシータではなかった。

私たちは激しく、それでいてどこか儀式めいたジキジキを済ませ、それから抱き合いながら横になった。じっと横になって互いを見ていた。シータは冷たい汗の膜で身体が覆われていた。体温が低下している。

「シータ。身体は大丈夫なのか？」

そう尋ねてもシータは答えなかった。

「どうしたんだい？　何を考えているんだい？」

「私、遠いところにいきたいわ」

シータは答える。

「私、自由になりたい……」

シータはベッドの頭に置いていたタバコに、火を点けてそれを一度私に吸わせ、それから自分も吸った。深々と煙を吸い込み、将来の見えない虚空に向かって吐き出して、やがて消えゆく煙をじっと見つめていた。ひさしぶりに会ったのに、私たちには沈黙が訪れていた。考え込む女と、それを見つめる男と、消えていくタバコの煙だけの空間だった。

　やがて、沈黙を破ったのはシータだった。

「ねえ。私は遠いところにいきたいわ」

「どこに？」

「誰も知らない遠いところに」

　彼女はいった。

「もうこのビジネスはうんざりだわ。死にたくなる」

「どこに行きたいんだい？　スリランカ？」

「私の国じゃないところ。そしてシンガプルじゃないところ」

「もう、このビジネスは辞めるのか？」

「イエス」

　シータは答えた。

　しかし、ゆっくりと首を振った。

「ノー」

　シータは枯れた声で翻す。

「やめられっこない。私はこのビジネスをずっと続けなければならない。子供のために。お母さんのために。それに、大きな借金もある」

「借金？」

「そうよ」

　シータはそれから何もいわず、長い沈黙の中でタバコを吸い続けた。怒りを隠すような表情がずっと続いた。

「もし、どこかいくとしたら、マレーシアがいいかもしれないわ。私の友だちのスダの国よ。とてもきれいで素晴らしいところだと彼女はいっている。私はいったことがないけれど、マレーシアなら好きになれると思う」

「日本はどうだい？」

　それを聞いたシータは、じっと私の目を見た。

「日本はよくわからないわ。私には遠すぎる。それに、日本の人たちはあまりに私と違い過ぎる。日本人は私を見て、きっと恐ろしく思うわ。私にはわかるの。見て、私の肌を。私の顔を……。ほら、真っ黒よ。日本人は私を怖がるわ。でも、マレーシアだったらたくさんのインディアも住んでいるし、問題はない」

それからふたたび、沈黙が降りた。

しばらくすると、部屋の外から乱暴にドアを叩く音が聞こえてくる。

「早く終わらせろ、お前たちの時間は長すぎる。ファックして終われば、すぐに部屋を空けろ。次が待ってるんだ」

連れ込み宿の経営者が叫んでいた。

激しく、強く、容赦のないノックがいつまでも続き、それがシータの神経をいら立たせる。しまいに、シータは「ファック！」と英語で叫び、吸いかけのタバコをドアに投げつける。それから、私にはよくわからない罵声を低い声で吐く。シータの国の言葉の罵声だった。英語よりも、中国語よりも、ずっと日本語に近いようなイントネーションだったが、そんな言葉でシータが怒っていた。


私たちはいつも時間に追い立てられていた。

シータは立ちあがり、ただブロックで仕切っただけのドアもない浴室に向かった。

小さな骨格に、もうすっかり筋肉や脂肪の削げ落ちた臀部が悲しく見えた。四肢も異様に細くなっている。シータはしゃがみ込み、自分の陰部をのぞき込みながら小便をして、シャワーの水でおざなりに下腹部を洗った。その一連の動作がひどく惨めなものに見えた。

シータがこんなにも惨めに見えたのははじめてだった。痩せすぎて本当に貧しい女の身体だった。その身体が安っぽい連れ込み宿の浴室でしゃがみ込んでいる。それが惨めさを募らせたのかもしれない。

私もシャワーを急いで浴びた。二人とも着替え終わって部屋を出ると、次の男女がイライラして私たちが出てくるのを待っていた。いつまでも部屋から出てこない私たちに、怒りの目を向けていた。

「早く出ろ、邪魔だ」

インド人の男が私をにらむ。

そして、ベッドメイクも終わっていないのに、男は連れの女の腕をつかんで部屋に連れ込み、乱暴にドアを閉めた。ここは連れ込み宿だった。行為が終わったら、ぐずぐずしないで部屋を出なければならないのだ。そういうところだった。表に出ると、カーラが私とシータを見つめていた。それから嘲笑するような表情を浮かべて腕を組む。彼女と目が合うと、カーラは私に中指を立てた。彼女の腕のリングがわずかな光源でキラキラと光って印象的だった。

そして、カーラはどこかに消えた。

「危ないわ。帰って」

シータがいうので、私はうなずいてここを去った。

† ジャングルの野獣

ゲイランには、ときどき招かざる客が来る。

警察だ。

彼らは気まぐれに女をしょっ引いて強制送還させる権力者でもある。パトカーに乗って音もなくやって来て、ストリートでビジネスをする女たちを摘発する。それは、真夜中のときもあれば、真っ昼間のときもある。

そんなときの警察官は、サバンナの飢えたシンガ《ライオン》のように見えた。そして、道に立つ大勢の女たちは草食動物のように見えた。

彼らはサイレンを鳴らして派手に駆けめぐることはない。野獣が忍び足で獲物に近づくように、違法にビジネスをする女たちに近づいた。そして牙をむいて襲いかかり、獲物の喉元に食らいつき、殺してしまう。

ストリートでビジネスをする女たちにとって、警察とはジャングルの野獣だった。彼女たちは逆らう術《すべ》はなく、襲われて捕らわれたら終わりだった。ここは彼女たちにとって異国の地であり、その異国で違法就労していた。

逮捕されたら、もはやいい逃れることはできない。

ゲイランに立つ女たちは警察がいつ来るのか、来ないのかに関心を持っていた。ある女は「土曜日になるとよく来る」といったが、別の女は「日曜日が危ない」といった。それをいったのはタイの女で、彼女にはエージェントはなかった。長くゲイランに立っていて、もうエージェントは必要としていなかったのだ。

「日曜日は危険なの。私にとって。私はずっとここに立っているけど、一緒に来た友だちは日曜日の昼間に捕まった。まだ来て一週間目で、彼女は借金しかなかった。不運としかいいようがなかった。泣き叫んでも無駄だった。彼女は強制送還されてしまった。二人目の友だちも捕まったわ。やっぱり日曜日だった。だから、日曜日はとても注意している。警官は日曜日にやって来るの」

しかし、実際には何曜日が危ないというわけではなく、毎日定期的に見回りがされているようだ。逮捕劇が多くなるのは、シンガポールで性工作《セックスワーク》がらみの事件があったときだ。ゲイランではしばしばビジネスをする女たちにトラブルが起きて事件になる。

メイメイのときもそうだった。

女が男を刺して自殺するような衝撃的な事件が起きると、「警察はなぜ違法な女たちを放置しているのか」という世論の声が高まって摘発が続くのだ。

「シンガポールの警察は世論に敏感だ」

誰かがいっていたのを私は思い出す。

この国は多くの犯罪組織のネットワークをつぶしてきたが、こうした犯罪組織はセックスワークや賭博やドラッグを収益にして成りあがってくるので、ゲイランで事件が起きて世論の声が高まると、すぐに摘発に動いて犯罪組織の増殖を防ぐ。

だから、シータがいうように、ゲイランは常に標的にされていた。

ただし、シンガポール政府は、不道徳が社会悪として存在することは認めているので、ゲイランを完全に浄化することは考えていない。当局は自分たちがコントロールできる範囲で、背徳区、ゲイランの存続を黙認している。

ゲイランは、そんな微妙なバランスの中で成り立っているのだ。

パトカーが音も立てずにゲイランに忍び込むと、目ざとくそれを見つけた女は、たとえ交渉中だろうが、ホテルにいく途中だろうが、構わずに逃げ出す。早足で、路地から路地へと消えていく。女たちを監視している組織も動き出し、「ポー、ポー」といいながら、裏路地の女たちに注意を与える。

ポーとはポリスの隠語だと、誰かが教えてくれた。

女たちは組織の男たちにとって商売道具だ。

ひとりの女をここに連れて来るのに、手間も時間もかかっている。だから、自分たちの連れて来た女が逮捕されるのは避けなければならなかった。

男たちは歩きながら、あるいは自転車で、あるいは携帯で、いっせいにあちこちに警察が来ていることを知らしめる。女たちはすぐに姿を隠す。このとき、ゲイランからは女たちの姿がいっせいに消える。本当に見事なまでに誰もいなくなる。

ときどき、二人組の警官がパトカーから降りて、ゲイランをゆっくりと懐中電灯を照らしながら歩くこともある。そして、気が向いた連れ込み宿にぶらりと顔を出す。警察官はどこが違法セックスワーカーを抱えているのかよく知っている。内偵も入っているし、癒着もある。

シータがビジネスに利用している連れ込み宿もまた、「違法な女たちが使っている」と知られているので、よく警官が出入りした。そのたびにシータは逃げる必要があった。この国で、シータは犯罪者だった。私が惹かれている女は、シンガポールで警察の目から逃れて金を稼ぐ闇の女だった。

私がシータと会った翌日、この警察官が摘発にやってきて数人の女がシータたちが牙城にしている連れ込み宿から数人の女たちを逮捕して連れていった。昼間だったのでシータやカーラはいなかったのだがスダがそこにいた。

スダは逃げられなかった。警察に逮捕され、永遠にゲイランから消えてしまった。

スダのことを思っていたが、ふと私は彼女は真剣に逃げようとはしなかったのではないかと思った。スダはここで稼ぐことをあきらめていた。やめる何らかのきっかけを求めていたようにも感じた。

それが逮捕だったのかもしれない。

†　カーラの子供

夜の暗闇の中でひっそりとシータと会う。

この日も路上に大勢の女に混じってカーラもいたが、彼女は私に何かしてくるわけでもなく、腕を組んで、ただニヤニヤしながらこちらを見つめているだけだった。何人かの男たちがカーラのまわりにいたのだが、そのうちのひとりは髑髏タトゥーの男だった。この男も、なぜかこの日はニヤニヤ笑って私を見ている。突っかかってこないのはいいのだが、何か裏がありそうで私は逆に不安になった。

もしかしたら、シータがいないのかと思ったがそうではなかった。シータは相変わらずタバコを吸いながら、カーラとは距離を置いて壁にもたれてタバコを吸っていた。

シータと共に連れ込み宿の部屋に入る。

「カーラが何か悪いことを考えているような気がする」

「私もそう思う。今日のカーラは何か変だわ」

シータは眉間にしわをよせた。

「カーラは、ずっと私たちが嫌いで嫌いで、またあちこちで悪口を喋っているわ。私の悪口と、あなたの悪口をみんなにいってる。彼女は私に嫉妬しているの。私が日本人のカスタマーを持っていることをひどく怒っている」

　それからシータは肩をすくめた。

「彼女が何ていっているか知っている？　シータはアナルを使っているから、客がついているのだといい触らしているのよ。私はとても怒ったわ。私は誰にもアナルを使わせたことはない。けっして！」

「ただの悪口だな」

「カーラはそうだと信じているの。そうでなければ、男はいつも同じ女を選ばないと思い込んでいる。あなたはシータのアナルが好きな日本人だとカーラはいっているのよ。だから、他の女たちがみんな私やあなたを見ているの」

　私が黙っていると、シータは話を続けた。

「カーラは、嘘つきな女よ。そして、泥棒なの。ファックが終わると、すぐに部屋からひとりで出て振り返りもしない。お金だけ手に入れて、ファックもしないで逃げてしまうこともあるわ」

「カーラならやるだろうな……」

「ええ。カーラはときどきそうやって逃げている。男は怒ってしまって、次にもうカーラを絶対に相手にしない。それに男は友だちに、あの女は気をつけろと教える。そうすると、何があったのか知っている男は、もうカーラなんか相手にしない。カーラはそれがわからないの。だから、あなたが私ばかりチョイスするのを見て、嫉妬して怒るの。カーラはそんな女なのよ」

「昔からそうだったのかい？」

「ここに来たときから、カーラはそうだったわ」

　シータは答えた。

「聞いた話だけど、カーラはスリランカでベイビーがいた。今はもういない。死んでしまったの、カーラの子供は」

「何があったんだい？」

「ある夜、子供が熱を出して、苦しみ出したそうなの。カーラはとても驚いて、子供を抱いて村にひとりしかいない医者のところに連れていった。でも、その医者は治せないといったらしいわ。町の病院に診てもらわなければならないと。でも、もう夜も遅かったし、山を越えて町にいくのはとても危険で、誰もカーラを町まで連れていくという人はいなかった」

「カーラの旦那はどうしたんだい？」

「カーラの夫は兵士よ。村にはいなかった。そこでカーラは夜の真っ暗闇の中をひとりで山を越えて町にいったそうよ。子供を助けたい一心で……。スリランカの夜の山は真っ暗で、何も見えはしない。それに、恐ろしい男たちや、ゲリラがいる。カーラは殺されるかもしれないし、レイプされるかもしれない。でも、カーラは赤ちゃんを助けたかった。死にそうな赤ちゃんを抱えて、必死で町まで歩き続けたの。でも、医者は誰も彼女のベイビーを助けようとしなかった」

「どうしてだい？」

「カーラはお金を持っていなかったからよ。医者に払うお金がなかったの。カーラのベイビーは、彼女の腕の中で死んだ。助からなかった」

　私は絶句して、シータを見つめた。

　あのカーラがこのような過去を持っていることを想像もしなかった。いや、想像もできなかった。カーラの過去と、今の派手な格好が、どうしても重なり合わなかったのだ。

「カーラも夫も、とうとう帰って来なかった」

シータはつけ加えた。

「行方不明よ。それは、スリランカではよくあること。それは、もう死んでしまったということ。そして、カーラはシンガプルのゲイランに立つようになった。ここに来たときから、カーラはあんな性格よ。彼女は人の悪口ばかりいって、平気で男に嘘をつく。憎む。いやがらせをする。今、彼女はマネーしか信じない。そして、彼女のまわりには悪い男ばかりが寄ってくる」

シータはため息をついた。

「あなたも気をつけて。ここは、あなたにとって危険だわ」

「君も、ここにいたら危険じゃないのか？」

「私のことは、どうでもいい。たったひとりの友だちだったスダも、警察に逮捕されていなくなった。私はもう疲れたわ」

「シータ。やめられないのか？」

シータは首を振る。

「やめられない。私には借金がある。ここに来るために、二万ドルの借金をエージェントにしているの。まだまだ、ここで働かないといけない。そうじゃないと、やめても返せない借金が残るだけ」

「あと、どれくらいかかるんだ？」

「わからないわ。あと一年は働く必要があると思う」

「一年も……。身体は持つのか？」

「やるしかない。死ぬかもしれない。死ぬのは怖くないけど、ママとベイビーが心配なの。私が死んだら、ママもベイビーも食べていけなくなる。私は死んでもいい。でも、ママとベイビーは生きてほしい。それを考えると、眠れなくなる」

私は、ただシータを抱擁することしかできなかった。

「自由になりたいわ……」

シータは虚空を見つめ、力なくつぶやいた。しかし、もうシータは泥沼に足を取られてがんじがらめになっていた。貧困で夜のビジネスに堕ち、借金地獄に堕ち、さらにドラッグ禍にも堕ちている。

「自由になるには、死ぬしかないわね」

シータがいったので、私は首を振った。

「そんなことはない。何か方法があるはずだ」

「ないわ」

「何かできることはあるかもしれない。希望を持たないと」

「希望？　そんなものがゲイランのどこにあるの？」

シータはじっと私の目を見た。

私はしばらく考えて、シータに尋ねた。

「シータ、紙とペンを持っているかい？」

†　髑髏タトゥーの男

シータと別れたあと、私はひとりでギルマード通りに向かいながら、ロロン二十を下っていった。いくつかの置屋《ブラゼル》があったのだが、こうしたブラゼルの前にはほとんど誰も立っておらず、ただ番号が書かれた真っ赤な中国風の提灯だけがケバケバしく目立っていた。

それを見ながら歩いていると、急にうしろから「ヘイ」と声をかけられた。

振り向くと、三人の男が視界に入った。

ひとりは髑髏タトゥーの男で、あとのふたりはインド系のがっしりとした身体の若者だった。彼らは緊張した厳しい顔をしていたが、髑髏タトゥーの男だけがニヤニヤして私を見ている。

私が本能的に危険を感じて後ずさると、髑髏タトゥーの刺青の入った腕が弧を描いて私の顔面を殴りつけてきた。かわしきれず、私はそれを受けてしまった。左のこめかみあたりに破裂したような痛みを感じ、意識が一瞬飛んだ。

そのあと、すぐに前かがみになって両腕で顔を守ったが、三人の男は頭といわず、腹といわず、足といわず、一気に私を殴り、蹴り、叩きのめしてきた。

耐えきれずに倒れる。

すると、腹も背中もめちゃめちゃに蹴ってきた。

私は叫んで逃げようとして地面を転がったが、三人は執拗だった。

遠くでストリートに立つ女たちがいたが、彼女たちは巻き添えを食らうのを恐れて、一気に逃げ出した。華人の男たちも何人かいたが、誰も助けにこなくてただ遠巻きにして見ているだけだった。

私は両腕でひたすら頭を守り、身体を丸めて腹も蹴られないようにしてしのぐ。しかし、蹴られるたびに呼吸がとまって、うめき声が漏れてしまうほどの激痛が走った。

「なぜだ！」

私が叫ぶと、男たちの攻撃がやんだ。

「前に来るなといっただろう。忘れたのか？」

髑髏タトゥーが私をふたたび蹴る。

「カーラがやれといったのか？」

「カーラ？」

髑髏タトゥーの男はしゃがみ込んで私の顔を見て笑う。

「そう思ってるのか？　そうじゃない」

「カーラは、お前が来てるとボスにいったんだ。それで、ボスが馬鹿な日本人にルールを教えてやれと俺たちにいった。来るなといわれたら、来てはいけないんだよ。もしルールを破るならこうなる。わかったか？」

自分の鼻から生暖かい液体がこぼれ出ているのに気づく。無意識に手のひらで押さえて確認すると、とめどなく流れる鼻血だった。しばらくすると、全身がキリキリと痛み出して、私は苦痛にうめく。

髑髏タトゥーの男は立ちあがった。

「これが、ゲイランのルールだ。覚えておけ。次は殺すからな」

そういって、もう一度、私を蹴りあげて、それからふたりの男と走って去っていった。

しばらく、私は地面に倒れていたが、やがて、ブラゼルの入口に停めていたタクシーのドライバーが車から降りてきて、おそるおそる私が生きているかどうか確認しにきた。

「大丈夫か？」

初老の華人が私に声をかけてきた。

「まだ、生きてる。警察は呼ばなくてもいい」

私はそういって上半身を起こした。

しばらく、呼吸を整えてから私は必死で立ちあがる。全身が痛くて身体がうまく動かないが、こんなところに寝転がっているわけにもいかない。

「本当に大丈夫なのか？」

「死んでない」

私は答えた。初老の男はタクシーからタオルを持ってきてくれたので、私は礼をいってそのタオルで顔をおさえた。

「病院までタクシーでいくか？」

「いや、ホテルに帰る。近いがうまく歩けない。乗せてくれ」

「料金は三倍だ」

こんなときにふっかけてくるとは……。

しかし、うなずくしかなかった。


ホテルのフロントには「階段から落ちた」といって、私はそのまま部屋にいった。

翌日になると全身が内出血してドス黒く変色し、熱を放って痛みで動けなかった。顔面も左側が目元や頬が腫れあがって一部が青くなっていた。私は日本から持っていた鎮痛薬を通常量の二倍飲んでひたすらベッドの上で耐えた。

二日目は痛みはさらに悪化した。

三日目になってから、やっと全身から熱が下がり、私はよろよろとシャワーを浴びた。全身の打撲痕が、まるで梅毒のバラ疹のようになって広がって我ながら不気味だった。蹴られた背中が歩くたびに痛んで呼吸が乱れた。顔面の腫れも引いていないので、顔が壊れているようにも見えた。

シャワーが終わったら、着替えて下に降りる。

フロントの女は私をちらりと見て、気味悪そうに顔をしかめる。

「大丈夫なの？」

「死んでない」

私は答えて、ホテルを出た。

そして、ゲイラン・ロードにあるコンビニの前身のような個人がやっている店に行き、飲み物と、パンを買った。

「アスピリンは置いていないのか？」

「置いてる」

高齢の店主は店の棚のわかりにくいところから、消費期限がとっくに切れたようなボロボロの箱のアスピリンを持ってきた。とにかく、買うものを全部買ったあと、私はホテルに戻る。それだけでもケガした身体にはこたえた。疲れ果てたので、いったん寝た。少し寝るつもりだったが、驚いたことに起きたら翌日の朝になっていた。

さすがに四日目にもなると、身体は楽になっていた。まだ全身の痛みがあって下手に動くと痛みで倒れそうになるが、それでも回復しているのは間違いない。

今日はやるべき〝仕事〟があった。

私はタクシーをつかまえて、賑やかなチャイナタウン地区に向かい、適当なインターネットカフェに入った。そして、最後にシータに会ったときに書いてもらった紙を財布から取り出す。そこにはひとりの男の名前と、住所と、電話番号が書かれていた。

ウォン・ウェイヨーという名の男だった。

†　カスタマーはカスタマー

数時間ほどたっぷり〝仕事〟したあと、私はチャイナタウンのフードコート《ホーカーズ》で簡単にフィッシュボールヌードルを食べてからホテルに戻る。殴られた箇所のあちこちが炎症を起こしているので疲労感が強く、ベッドに倒れると、しばらく身動きができなかった。意識も飛びそうになる。そんな中で、シータのことを思っていた。

そういえば、シータは私のことを、あえて深く聞こうとしなかった。

そんなことを朦朧《もうろう》とした意識の中で思う。

それはシータがアンダーグラウンドのビジネスの中で生き残るための原則を守っているからだというのは、ひしひしと感じた。シータはビジネスで出会う男とは一線を引いて、相手を知ることは避けていたのだ。ビジネスで知り合う男はプライベートで知り合う男とは違う存在として見ていた。それはけっして同一であってはならなかったのだ。

つまり、ビジネスの中で出会う男たちというのは、シータの中では人格を持ってはならない存在なのだ。

シータは私をも、顧客《カスタマー》として扱うべきだと考えており、それを逸脱しないように原則をかたくなに守り通していた。

「カスタマーはカスタマーであって、友人でも、恋人でもない」

タイの歓楽街で生きている女がそういったことがある。

カスタマーは射精して、金を払うだけの存在であり、そのような物質が自分と関係するとき、その物質は人格や生活や人生を持っていてはならないのだった。ビジネスをする女たちの中では、カスタマーとは「ただ通り過ぎる者」である。通り過ぎて、忘れ去られて、すぐに存在しなかった物質になる。

　だから、男の人生を感じてしまう質問を、シータはかたくなに拒んだ。どんなに親しげに話をしても、シータは絶対に男の人生に立ち入ることはなかった。シータは見事なまでにそうした。

　そして、シータは自分の人生にも男をかかわらせないように注意していたはずだ。いつだったか、シータは「私のことをすべて知りたがる。どんどん私の人生に入ってくる。それが怖い」と私にいった。それは、シータが心の中で引いているはずの一線を、私が越えて彼女の内側にまで入っていったからに違いない。

　私も自分の人生を他人に立ち入らせないようにするために、一線を引いているので彼女の心理はよくわかる。

　もしかしたら、その点で私と彼女は似たもの同士だったのかもしれない。

　はっとして起きると、もう数時間たっていた。

起きあがってホテルを出て、ゲイラン・ロードで壊れていない公衆電話からシータに電話をかけてみる。ところが、通じなかった。ただ、通じないだけでなく、もはやこの番号は使われていないという意味で通じなかった。

解約したのか。金が払えないのか……。

いや、もしかしたら取りあげられたのかもしれない。彼女を支配するエージェントが、私と連絡を取らせないために、携帯を取りあげるというのは当然のことながら考えられるケースでもある。

どうしたらいいのか、私は考える。

真夜中のゲイラン・ロードに走る車のヘッドライトが戦場の弾丸のように走っては消えていくのを見ながら、私は腕を組んで考えていたが、電話が通じない以上は、あそこにいくしかないと考えた。

カーラもいるかもしれないし、カルナニティもいるかもしれないし、もしかしたら髑髏タトゥーの男もたむろしているかもしれない。もし、髑髏タトゥーの男と会ったら、今度はさらにひどいことになるだろう。

それでもシータとコンタクトを取るためにはいくしかない。

私は覚悟を決めた。

おそるおそるあの暗闇にいく。インド系の女たちや男たちが暗闇でうごめいているあのストリートに向かう。私がいくと、女たちがいっせいに私に視線を浴びせて、ストリートは急に話し声が消えたのがわかった。

誰もが私を見つめていた。見つめていたというよりも凝視していた。私があのチンピラたちに叩きのめされたのは噂で聞いているのだろうから、それでも私がやってきたことに驚いているのだった。

幸いなことに、カーラも髑髏タトゥーの男と仲間もいなかった。

カルナニティはいた。しかし、彼女は私を無視して声をかけて来なかった。カルナニティにシータのことを聞いても、どのみち絶対に本当のことをいわないだろうから、無視してくれるのは逆にありがたい。

そして、私はシータを捜したが、シータは見つからなかった。あまり長居はしたくなかったが、他の客とビジネスをしている最中かもしれないのでしばらく待つ。しかし、十分待っても、二十分待ってもシータは現れなかった。

身体が痛みで軋《きし》むので立ち続ける気力もなく、私はしかたなく連れ込み宿に入っていく。すぐに経営者がバケツに手を突っ込んで何かを洗っているのが目についた。

「シータは？」

私が声をかけると、経営者は驚いたような顔で私を見て、しばし呆然とする。しかし、すぐに我を取り戻して、怒りに近い表情を浮かべた。

「シータはいない。帰れ」

経営者はぶっきらぼうにいった。

「帰れ、帰れ、帰れ」

この男に何か聞いても無駄だとすぐにわかった。他に何も尋ねる気にならなかったので黙って戻ろうとすると、男は「待てよ」と私を引きとめた。

「お前はいつもシータを連れ込んでるが、もう終わりだ」

男はそう断言した。

「終わり？」

「終わりだ。シータはあそこの入口のところで咳き込んで、血を吐いてぶっ倒れた」

「血を吐いて？　まさか、死んだのか？」

私はショックでよろめき、壁に手をつく。

「ふん、死にはしないさ。お前は知らなかったかもしれないが、あの女はドラッグ中毒だったんだ。ここに来たばかりの頃と違って、どんどん痩せていったじゃないか。シータはジャンキーになってたんだよ。病気持ちのジャンキーなんか、もうビジネスなんかできるわけがない」

「それでシータはどうしたんだ？」

「知るか」

経営者は吐き捨てた。

「おい、シータはお前のワイフじゃない。シータは誰とでもジキジキする女だ。それを忘れるなよ。シータは商売女《ビジネス・ウーマン》なんだよ。お前ともビジネスだ。そんな女を追いかけ回して何を考えているんだ。頭がおかしいのか？　女は他にいくらだっているじゃないか。シータだけが女じゃない」

私がよろよろと連れ込み宿を出ると、経営者は追いかけてきた。

「二度と来るな！」

カルナニティは腕を組んで勝ち誇ったような表情をして私を見ていた。

「わかったでしょ。シータはもういない。私とどう？　ブロージョブしてあげるわ」

「君には興味ない」

「そうかい。じゃ、帰りな！」

カルナニティは大声で叫んだ。

そして、私を憐れむように、あざ笑うのだった。

† ウォン・ウェイヨー

一日がたった。

そして、二日がたった。

それから三日がたち、四日目に入った。

シータがいないので、私はゲイランをさまよい歩いた。

夜になるとゲイランのドブの配管口から怯えたように姿を現すネズミを見つめ、狂ったように走り回って蹴飛ばされる野良犬を見つめ、食堂わきのゴミ箱をめがけて空から降りてくるカラスを見つめて時間をつぶした。

毎日、英字のローカル新聞だけは読んでいたが、他には何もする気が起きなかった。食事どころか、立ちあがることさえ億劫だった。熱帯のけだるい空気を感じながら、安ホテルの中で何もしなかった。朝から晩まで、ずっとシータのことを考えていた。

ある日、新聞には人身売買のグループが逮捕されたという記事が大々的に載った。ウォン・ウェイヨーという男が取り仕切っているグループで、「シンガポールに行けば仕事がある」といってスリランカ女性に多額の借金を背負わせ、ゲイランで違法な性工作《セックスワーク》を強制したり、風俗店に送り込んだりしていた、と新聞には書かれていた。

その記事を読んで、私は思わず立ちあがって新聞を握りしめた。

「来たか……」

記事には写真もあった。警察に両側をしっかりと押さえつけられて警察車両に乗せられようとしているウォン・ウェイヨーを写したものだった。ウォン・ウェイヨーは小柄で髪が薄くなった中年の肥満男だったが、目つきは異様に悪くて、どこから見ても典型的な悪人づらだった。

「これがシータのボスか……」

私は無表情に新聞を見ていたが、やがてそれを捨てた。

近くの安食堂に食べにいくと、そこでもテレビでじゃんじゃんウォン・ウェイヨーの逮捕のニュースが流れていた。

このニュースを、私はじっと待っていたのだった。

チャイナタウンのインターネットカフェで、私はフリーのメールアドレスを手に入れた。そして、検索エンジンで調べたシンガポール警察や、シンガポールのマスコミの問い合わせ先に、「警察、マスコミの皆さまへ。スリランカ女性に多額の借金を背負わせ、ゲイランで違法な性工作《セックスワーク》を強制したり、風俗店に送り込んだりしているグループがある。ボスはウォン・ウェイヨー。警察はなぜ違法なグループを放置しているのか」と英文で書いて、住所・電話番号も付けてかたっぱしから送りつけたのだった。

シータは自由になりたいと望んでいた。

シータが自由になるためには、シータを縛りつけているエージェントを排除しなければならない。シータは不可能だといったが、私は何か方法があるはずだと考え、シータには希望を捨てるなといった。

「シンガポールの警察は世論に敏感だ」

その体質を利用したら、警察は動くかもしれない。

だから、シンガポール警察と、マスコミ各社に、フリーのメールアドレスで密告したのだった。本当にこれで動いてくれるかどうかはわからないので、賭けでもあった。

賭けに勝ったのが、このニュースでわかった。

シータはこれで自由になった。

金を返す相手がいなくなった。彼女を縛る組織もなくなった。

しかし、肝心のシータが血を吐いていなくなっており、連絡が取れない状態になってしまっていた。私はゲイランのあちこちを捜し回ったが、シータは見つからなかった。

もしかしたら、スリランカに帰ったのかもしれない。

そう考えるしかなかった。そうであるならば、私がシンガポールにいる理由もない。

私はシンガポールを立ち去った。

第四章　崩壊と真相

†　ジャカルタ

いったん日本に戻ったが、数ヶ月後、ふたたび私は日本を脱出して海外に出た。

私が向かったのはインドネシアの首都ジャカルタだった。アジア最大のイスラム国家の首都だったが、喧噪と、混乱と、混沌が渦巻いている。この熱帯都市は表通りこそ立派だが、その裏に一歩入ると小さな集落《カンポン》があり、さらに奥に入ると河に沿って延々とスラムが続く。ジャカルタとはそんなところだった。

そして、ここにも夜の街に立つ女たちがいる。

ジャカルタ北部の街コタの名も知れぬホテルにも、バーにも、カラオケ屋にも、ビジネスをする女たちがいた。地方から出てきて、仕事を見つけられずに堕ちてしまった女たちが夜の街で男を待っている。

私はそのジャカルタで、街を野良犬のようにうろついては出会った女たちとたわむれた。そして、私はひとりの女を忘れようと努力した。大勢の女と刹那的に出会って、刹那的に別れることで、過去を風化させようとした。

凶暴な顔つきをした、あの愛おしい女。

哀しい顔をして物思いに沈む、あの憂いの女。

シータ。

もう彼女とは二度と会えないと感じていた。

ところが、シータだけは心から離れていかなかったのだった。

もしかしたら、私は一生、彼女を忘れることができないのかもしれない。あの話し方、あの声が病的なまでに脳に深く刻まれたように思えた。強烈だった。

時おり、夢を見る。

かつてシータと話した他愛もない雑談を、私はずっと夢の中で反復した。シンガポールの安ホテルの中で、完全な密室の中で、安堵の中で、ずっと裸で、他愛のない話をしていたときのことを、夢の中でぼんやりと思い出し続けた。

ジャカルタでも、激しくシータを求める夢だけを見続けていた。私の心は砂漠で渇き切っているような状態になっており、目が覚めると、急に私は自分がどこにいるのかわからなくなった。

私は心の居場所を見失っていた。

「ここは、どこだ。なぜ、ゲイランじゃないんだ？」

私はゲイランに戻りたい。ゲイランの夜の闇に立つシータが欲しい。

しかし、シータはもう自由になった。ゲイランに向かったところで、シータに会える保証はない。シータは身体がボロボロだった。借金もエージェントが消えたと同時になくなったのだから、シータはビジネスから足を洗っているはずだ。

「もう、終わったんだ」

私は自分に言い聞かせる。

だから、シータのことは忘れるべきだった。

きっぱりと。

†　変わり果てた顔面

激しい雨がチャンギ・エアポートに着いたときから降り続いていた。

ゲイランに着いても、雨足は一向に収まる気配を見せず、タクシーの中から道路を薄い川のように疾走する様子を私はじっと見ていた。

「やれやれ……」

私は自嘲するように苦笑いした。

結局、私はゲイランに戻って来た。私を虜《とりこ》にしているスリランカの女に会うことに、一縷《いちる》の望みを賭けた。

タクシーをゲイランの適当なホテルの横にとめてもらって、急いで車を降りてホテルの入口に飛び込んだが、その瞬間に土砂降りの雨に打たれて一気に濡れた。その状態でチェックインする。

「一泊だけ」

フロントにいた華人の女が事務手続きをしたが、ずぶ濡れの私を見て同情する。

「本当にひどい雨ね。すぐにやめばいいんだけど」

「夜には出かけたいんだ。それまでにやめばいいんだが」

「強い雨は長く続かないから、やむと思うわ。たぶん……」

フロントの女は希望的観測をいった。

部屋に入ると、私は濡れた服を脱いでシャワーを浴びる。夜になってもこの大雨が続くなら、ストリートに立つ女たちは十分の一以下に激減する。雨を嫌がって男たちがこないのだから当然だ。当然、シータたちも出てこないだろう。

「強い雨は長く続かないはずだ……」

私も希望的観測を口にして、雨がやむのを願う。

一度睡眠を取って起きると、すぐに窓の外を見た。雨が霧になって夜が街を覆っていた。路面は濡れているが、幸いなことに雨は降っていない。降ってないのであれば問題ない。ただ、今にも雨が降りそうな嫌な空模様ではあった。

外をうろつくなら、急いだほうがいいのかもしれない。

私は落ち着かない気持ちを抱きながら、義務感に駆られるように部屋から這い出た。

階下に降りるエレベータを待っていると、情事を済ませたばかりの華人とタイの女がやって来て、私たちは気まずい沈黙の中で立ち尽くした。私がいるせいか、二人は他人行儀で立っており、結局階下に降りるまで誰も何もいわなかった。

外に出ると、不安を感じるほどの温気と湿度だった。

私は心臓が早鐘を打つのを感じつつ、あのスリランカの女たちの立つストリートに向かって歩き出した。雨あがりのせいか、女を追う男の姿はあまりなかった。ゴールデンドラゴン・ホテルを見ながら、北側に歩いていくと、すぐにこの通りの勢力図が変わりつつあるのに気がつく。このストリートでビジネスをさせていたウォン・ウェイヨーの組織がなくなったので、状況が変わったのだろう。

今までスリランカの女がいなかった連れ込み宿の前に彼女たちがたむろしており、突き当たりの方は逆にタイの女五人がスリランカ人に交じって立っていた。男は相変わらずそのほとんどがインド系で、ここに立つタイの女たちは男からもスリランカの女からも無視されていた。

黒い肌の男たちだけがたむろするこの通りで、相変わらず私は〝はぐれ者〟だった。やはり、女たちの目がいっせいに私を見つめてそらさない。どの女もじっと私を凝視し、やって来た私を何者かといぶかっていた。

どの女も見たことがない顔だった。完全に顔ぶれが変わっていたのだ。

その目の中に、私はあの鋭い射抜くような視線を捜した。

しかし、そこに私が惹かれた女の姿は見あたらなかった。

急に息苦しくなった私は、心を落ち着けるために一度この場所を離れた。それから十分ほどたってふたたびスリランカの女たちの立つ通りに戻った。そして、女たちをじっと見つめる。唐突に、女たちの生態がヤモリに似ていると私は思った。女は壁を這うヤモリのように、立ちどまっては唐突に動き出し、消えては現れる。ヤモリが壁に貼りつくように、女たちはやって来る男たちに貼りつく。

ヤモリは美しく、性的だ。

比類なき妖しい美しさが備わっている。吸盤のついた指のぞくぞくするような艶めかしさ、そして下半部から先端に向かって細く尖って消えていく尾の淫らさ。それは完璧な肢体を持った爬虫類である。女たちとヤモリが私の中で同一化した。

ふと、壁ぎわに奇妙な女がいることに気づいた。

男たちに怯えるように、うつむき、ひどく安っぽいサリーを着て、打ちひしがれている。彼女はびくびくと怯えていた。顔が左右非対称にゆがみ、鼻がつぶれ、目の大きさも違い、首の角度も曲がり、どこか精神を病んでいるような立ち振る舞いをしている。

ときどき口を開けるが、前歯のほとんどがなかった。

じっと見ていると、急に彼女を「どこかで見たことがある」と感じていた。

シータに会うために何度もここに来ていたので、それでこの女の記憶がどこかに残ったのだろうか。

しかし、よくよく見ていると私は衝撃と共に後ずさりした。

それは、カーラだった。

信じられないほど変わり果てたカーラの抜け殻のような姿だった。

もはや、目の前のカーラには美しさは、かけらも残っていなかった。

私がすぐに彼女がカーラだと気がつかなかったのは無理もなかった。

なぜなら、その卑屈な態度がかつての傲慢なカーラとはまるで別人だったのだ。そして、カーラの顔が完全に壊れていた。

それは、猛烈に殴打されて致命傷を負い、それが変形したまま固まった顔だった。暴力の嵐が彼女の顔面をめちゃくちゃにしてしまった傷跡だった。そして、彼女は怯えていた。変形し、変わり果てた顔面を抱えて、ひどく怯えていた。

カーラが顔面だけではなく、精神的にも深い傷を負ってしまったことを、その卑屈な態度は意味していた。暴力で顔面が変形し、侮辱を受け、尊厳を失い、今なお恐怖に怯えて震えるカーラの痛々しい姿は、見るに忍びなかった。

いつも、まわりを見回して、やって来る男に挑戦的な視線を投げつけては悪ふざけするあのときのカーラは、もはやそこにいなかった。今、立っているカーラは生きた死屍《しかばね》だったのだ。

彼女は〝醜い《アグリー》〟は嫌いだと高慢にいい放っていた。彼女はこのストリートでもっとも派手で目立つ美しい女だった。しかし、いまやその片鱗すらも残されておらず、皮肉なことに、このストリートの中で彼女はもっともアグリーになってしまった。

「どうなったんだ……」

私はつぶやかずにはおられなかった。

精神的にカーラは死んでいた。彼女は、誰かに殺されてしまった。私が見ているのは、恐怖に震える女の死体としかいいようがなかった。

†　もうここにはいない

豊かな肉づきをした、トラブィダの血の濃い女たちが立ち話をしていた。私は彼女たちに近づいていく。

「あそこに立っている女、ほら、顔が壊れているあの女……」

私は視線で彼女を指した。

「彼女は、もしかしたらカーラかい？」

女たちは彼女を見て、それから私の顔を見た。

「ああ、彼女かい？　そう。彼女はカーラだよ」

女たちは口々にうなずいていった。

私が呆然としていると、女たちはいった。

「あんたは前のカーラを知っているんだね？」

「知ってる」

「もしかしたら彼女とジキジキしたことがあるのかい？　ああなって、驚いているんだろう。前のカーラは美しかったからね。でも、もうカーラは終わりさ。あれじゃ、誰もカーラとジキジキしたいなんて思わないだろう。男は逃げていくさ」

「どうして、ああなったんだい？」

「男たちが悪いのさ。何人かの男たちが、カーラのところにやって来て、彼女を死ぬほど殴りつけ、踏みつけて殺そうとした。男たちが誰だか、知らないよ。きっとギャングさ。警察も来なかった」

　女たちは話ながら自分の身を守ろうとでもするかのように腕を組んだ。

「もしかしたら、腕に髑髏のタトゥーが入った男かい？」

「そうそう。その男と仲間がやった」

　女のひとりがうなずく。

「恐ろしいわね。あんな風になって生きているくらいなら、カーラは死んだほうがマシだったのかもしれない。カーラは死んだほうが良かった。それより、あんた。誰とジキジキしたいんだい？　私とやるかい？」

「シータを捜しているんだよ」

私は答えた。

すると、女たちはぎょっとした顔で肩をすくめる。

「シータなら、もうここにはいないよ。彼女はフリーになったんだ。今はきっと他のところに立っているはずさ。ここにはいないよ」

そばにいた別の女が私をじろじろ見て声をかけてきた。

「あんた、シータとファックしたいのかい？」

「何か問題でも？」

「あの女には気をつけなよ。彼女は悪い女だよ」

それを聞いて、私はうんざりして女を見つめた。

「それで、シータはどこにいるんだ？」

「知らないよ。ここじゃなければ、ロロン二十二のあたりじゃないのかい？　そこにもいなけりゃ、スリランカだね」

女たちは急に歯切れが悪くなった。

そして、何も教えてくれなくなった。

カーラやシータの名前を出す私に、女たちは急に警戒をしはじめていた。私が路上で女を求めてうろつくだけの野良犬なのか、それとも警察の犬なのか、彼女たちはわからなくなっていたのだろう。

ここを立ち去るとき、私は奇妙な角度に首をねじ曲げて、頭を上下させている傷ついたカーラの前をゆっくりと通った。

そのとき、カーラは私に気づき、驚愕の目で私を凝視した。長い間、ずっと私を見つめた。そして、恐怖に駆られたように、ガタガタと震えだした。

そんなカーラを見て、私は静かにここを去る。

彼女は生きていくために、まだここでビジネスをしようと立っていたが、この世の地獄に飲み込まれてしまい、もう身体も心も壊れて修復不能になっていた。彼女の開いた口から前歯の吹き飛ばされた空虚な歯茎が見えた。そこから一筋の唾液が垂れて服を汚した。

カーラの失ったものは美貌と、希望と、前歯だった。

† 再会

ロロン二十二は大通りの交差点になっている。その交差点を渡って、さらにロロン二十四に入る小道をいけば、やはりそこにもインド・スリランカ系の女が立っている。立っている女の顔が判別できないほど暗く、陰湿で、陰鬱だった。ここの女たちにかたっぱしからシータのことを尋ねてみたが、誰も知らないといった。

不機嫌な顔をして、シータなんて女は存在しないことを私にいうのだった。

「聞いたこともない、そんな女の名前なんて。シータなんて……」

もしここにいないのなら、他にめぼしい場所なんて知らなかった。カーラのこともあって、ひどく気分が鬱屈していた私は、すっかり疲れ切って来た道を引き返した。ロロン二十二を横断歩道ではないところを横切って西側に渡る。

大通りと駐車場の間が背の高い植木で遮られていたが、ふと、そこにも隠れるような感じで女たちが数人立っていることに気がついた。壁にもたれかけるようにして立っているのは、まぎれもなくインド系の顔つきをした女たちだった。

私は女たちに近づき、そして立ちどまった。

ついに見つけた。

シータを……。

彼女は相変わらず、薄暗がりの中で静かにタバコを吸って客を待っていた。他の女たちとは少し距離を置き、静かに佇《たたず》んでいた。濃い茶色のタイト・ウェアと、黒のタイト・パンツを履いており、痩せた身体と長い手足が異様に目立った。

私が近づくと、シータはその視線をこちらに向けた。かつて、鋭かった視線は、今は疲労の色が濃く、今にも倒れてしまいそうなほど弱々しく見えた。私が誰なのかを確認すると、シータは、思わず持っていたタバコを落とした。

「シータ」

私が無表情で声をかけると、彼女は力なくゆっくりとうなずいた。

「ジキジキ？」

彼女は喉がつぶれてかすれたような声で私に尋ねた。

「イエス」

「三十ドルよ」

「ＯＫ了」

私たちはそれだけ話すと、シータは私を近くの連れ込み宿まで案内した。

そこは、はじめて入るところだった。しかし、安っぽく荒廃している様子は、他の場所と大して違うわけでもない。人身売買組織《エージェント》と切れてフリーになったというシータの新しいスタートも、以前と何ら変わりない環境だった。

シータは自由になれたはずだが、まだここにいた。彼女を縛るものは何もないのにここにいるのだとしたら、彼女がこの境遇から抜け出せるチャンスは永遠にないような気がした。ゲイランは牢獄のようにシータを縛りつけていた。

部屋のドアを閉めると、シータはもたれかかるように私に抱きついた。

「また、会えるとは思わなかったわ。うれしいわ。とてもうれしい！」

私がシータの骨と皮のようになった身体に手を回して彼女を抱擁した。

「ボスを警察に逮捕させたのは、あなたね」

彼女はそういいながら、キスの嵐を降らせた。

「計画通りだった。君に書いてもらった住所と電話番号と名前を、警察にもマスコミにも全部送ったんだ。警察だけだと無視されるかもしれないが、マスコミまで送ったら、警察も慌てて動くと考えた。シンガポール警察は世論に弱い。うまくいったようだ」

「あなたは殴られたと聞いたわ」

「死んでない」

　私はそう答えた。

「シータ。君は血を吐いて倒れたと聞いた」

「ドラッグをやりすぎた……。でも、私も死んでない」

「ドラッグは切れたのか？」

　シータは首を振る。

「難しいわ。もう、やめられない。あなたがエージェントをつぶしてくれたので、私は自由になったけれど、ドラッグが必要なのでゲイランから離れられないの。それに、フリーになってもここで稼がないといけない。ここでしか、私は稼げない。私は今、ひとりで動いている。チケットも、パスポートも自分で用意したわ」

「ビジネスは順調かい？」

　それを聞くとシータは首を振る。

「良くないわ」

そして、ときどきインドネシア人がやって見せるような巻き舌でこういった。

「rrrrrain（この雨）！」

そして、弱々しく肩をすくめるのだった。

「今、シンガプルの景気はとても悪くて、男は誰もお金を持っていない。それにこの雨。雨が降ったら男はゲイランに来ない。ゲイランに来ないで家に帰るのよ」

私たちはすぐに話すのをやめた。外の物音だけがする静かなベッドの上で見つめ合い、何もせず、ただしっかりと抱擁し続けた。

† ベイビーの父親

連れ込み宿ではただシータを抱擁し続けていた。私はシータを自分の泊まっていたホテルに連れて帰り、そこで彼女の裸を目にした。

シータは、さらに荒廃していた。ドッグ・イヤーで壊れていくかのようだった。これほどまで痩せてしまったというのに、腹は逆に膨れ、乳房は垂れてしまっている。肌は乾燥してボロボロになっていて、あちこちにかきむしった痕がかさぶたのようになっている。

　かなりドラッグに深入りしているのが見て取れた。

ゲイランで過酷なビジネスに身を投じ、男の欲望を飲み込み、吸収し、吐き出し、それを繰り返す。人生も、身体も切り売りし、タバコとドラッグにむしばまれ、最後にはゴミのように捨てられる。シータもまたそんな女のひとりになってゲイランの闇の中に埋もれようとしていたのだった。

　いつか、ロロン十二にいた狂犬のような女ユーシィを不意に思い出す。シータも最後はユーシィのようになってしまうのだろうか。重度のドラッグ依存に陥り、ホームレスになり、膝を抱えて路上で寝る女になってしまうのだろうか……。

「もう私たちは、好きなだけ一緒にいることができるわ」

　シータはそういった。

「明日、ジャカルタにいくつもりだった」

「いってしまうの？」

「いや、君に会えたから、一緒にいたい。君は？」

「私と一緒にいて」

　シータは即座にいった。

「シンガプルにいてあなたに問題がないのなら、ずっと一緒にいて欲しい。一緒にいてくれれば、私は安心できる。ひとりだと、いつも怖くて不安を感じるの。いろいろなことを考えてしまう。そうすると、気が狂いそうになってしまう。ひとりになると、怖くてしかたがない」

　私は何もいわず、シータを抱きしめた。

「最近は、少ししか食べられない。でも、水はいつもたくさん飲んでいるの。ボトルを一日に五本も六本も飲むのよ。だから、こんなになってしまった」

　シータはそういいながら自分の裸の腹を両手の拳で殴りつけた。

　まるで憎しみが腹に宿っているかのように。私はそれを制止させる。

「妊娠しているのかもしれない」

「それはないわ。生理《メンス》は終わったばかりだし、私はいまも毎日ピルを取っている。だから、妊娠することはないわ。もしかしたら、私のおっぱいがこんなになってしまったのも、その薬のせいかもしれない」

シータはとにかく薬まみれになっている。シータを元に戻すためには、彼女をゲイランから遠ざける必要がある。このままでは手遅れになりそうだった。いや、もう手遅れかもしれない。それほど、シータの身体は荒んでいた。

「ねえ、私のベイビーは、歩けるようになったわ。でも私はいつもゲイランにいて、彼のそばにいてあげられない。それで、彼は私のママを自分のママだと思っているの。私のことはお姉さんだと思ってる。本当のママは私なのに……」

「シータ。君はもうフリーになったんだ。ゲイランのビジネスをやめて、スリランカで一緒に暮らしてあげられないのかい？」

「今はできないわ。私がこうやって働いているから、ママにお金を渡してベイビーを育ててもらえる。私がこのビジネスをやめてしまったら、みんなお腹を空かせてしまう。私のベイビーが死んでしまう……」

「ベイビーの父親はどうしたんだい？」

私が尋ねると、シータは突然、口をつぐんだ。

シータは何もいわなくなった。

それは彼女が答えたくない領域の質問だった。私は無意識にそのシータの触れてはならない領域に入り込み、彼女を沈黙させてしまった。私はシータをゆっくりと押し倒して、彼女の胸に顔を埋めた。黒い肌の奥で、心臓が不規則な鼓動を打つのを聞いた。

私たちはジキジキを交わさなかった。

シータはそれに耐えられる体力ではなくなっていたのだ。

ただ、じっと裸のまま抱擁し続けた。

シータの火照った身体の熱を感じながら、私は何も言わなかった。

シータもタバコに火をつけて、灰をベッドの下に落としながら、何かを考えている。

ぐったりとした私の身体に長く細い足をからませながら、タバコの煙をゆっくりと吐き出している。

「私のママは、私がシンガプルでウェイトレスをしていると思っているのよ。私がこんなビジネスをしているなんて思ってもいない。一度、すべて話してしまいそうになったけど、いわなかった」

急に、シータはそんなことを話しはじめた。

「誰も知らないのかい？」

「家族は誰も知らないわ。もし、家族が私の本当のビジネスを知ったら、きっと泣き叫んで私を殺してしまうわ。だから、あなたは私の秘密の中にいるのよ」

「誰にもいわないよ」

私は答えた。

「俺はスリランカにはいったことがないし、いっても君の家族がどこに住んでいるのかわからない。君のファミリー・ネームさえ知らない。だから、君の家族には会えない」

「心配はしていないわ。あなたを信じてる」

「信じてもいい」

「それで……あなたはさっき、ベイビーの父親のことを聞いたわね？」

「気にしなくてもいいよ。何もいわなくてもいいさ」

「これは隠しているわけじゃないのよ」

シータは虚空を見つめた。

「ただ、想い出したくないだけなの。夫のことは。彼は仕事がなかったし、それで酒を飲んでは私を殴った。でも、いつまでも働かないわけにはいかなかった。最後は兵士になるしかなくなって戦場にいったわ。いろんな人が彼のところにきて、兵士になるようにいっていたの」

「兵士だったのかい？」

「ええ。スリランカじゃ、貧しい男たちはみんな兵士になるしかない。死ぬかもしれないけど、他に仕事が見つからないから、兵士になるしか選択肢がない。私の夫も、知らない場所にいって、人を殺すしか選択がなかった。彼はジャフナ（タミル・タイガーの支配地）にいくのを恐れていた。怖がっていた。私は妊娠していたし、彼は死にたくなかった。でも、彼は戦うしなかなかったの。スリランカ政府はそれを望んでいたから。それで、私の夫は戦うためにジャフナにいったわ。銃を持って」

夫のことを話すシータの声は氷のように冷たかった。

夫を愛していなかったことが、その表情でもわかった。

「帰って来ると彼はいった。軍隊から逃げて帰ることも考えていた。でも、彼は帰ってこなかった。ボン！　夫は爆弾でバラバラになって死んだ」

そして、シータはこの話を終わりにした。

†　真実を隠す女のこと

シータの身体から急に力が抜けてきた。タバコをシーツの上に落としそうになっているので、私はそれを取って灰皿で火を消す。

シータは意識が遠のくような表情になっていた。

「疲れたけれど、今、私はすごく安心しているわ」

シータはつぶやいた。

私はシータの髪を撫でながらいった。

「カーラこと、知ってるかい？　今日、カーラを見た。彼女は、前とぜんぜん違っていた。完全に壊れていた」

「知ってる」

シータはかすれた声で小さく答える。

「カーラは悪い女だった。たくさんの男に恨まれていた。たとえば、部屋に男を連れ込んで先にお金をもらい、男がシャワーを浴びているときに、ドアを開けて逃げ出していた。お金だけを手にしてジキジキはしない。ときどき、そんなことをしていた。そうやって彼女は笑っていた。手にお金を持って」

　私はうなずく。

「ある日、男たちがカーラを連れ出して、ゲイランの連れ込み宿の裏でカーラを思い切り殴りはじめた。とてもハードだった。カーラの骨が砕ける音がしたわ。でも、誰も、とめなかった。みんな黙って見ていた。長い時間じゃなかったと思う。すぐに、男たちはいなくなった。カーラが血まみれになって倒れていた。私は彼女は死んだと思ったわ。だから、あとで生きていると聞いて驚いた。男たちは殺すつもりで殴っていたから。私の中では、彼女は死んでいたはずだった」

「髑髏タトゥーの男がやったと聞いた」

「そのとおりよ」

「やつらも逮捕されたのか？」

　シータは首を振った。

「けっして捕まりはしない。警察はカーラに何が起きたのか、何も知らない。エージェントが、警察が来る前にカーラを部屋に運んでしまったから。誰も警察が来て欲しいとは思っていない。それはたくさんの人にとって、トラブルだから。あの男たちも、そのあとに急いでバングラデシュに逃げ帰った。彼らが不法滞在《オーバーステイ》しているのを誰かが警察に密告したらしいわ。カーラのこともあるから、警察には捕まりたくなかったんだと思う。急いでバングラデシュに帰った」

ふと、シータの表情の何かが、いつもと違うことに気がついた。

それは注意深く隠されていたが、私は気がついていた。カーラの身に起きた悲惨な暴力を、受容している表情だったのだ。宿敵が葬り去された結果に満足している心境が、その深く険しい瞳の奥に隠されていた。

シータは間違いなくそういう表情をしていた。

私は真実を隠す女のことを頭に浮かべた。

もうずっと前の話だが、インドネシアで私はひとりの女と出会った。

彼女が所属していた置屋《ブラゼル》の名前はムティアラといった。

それは、日本語では真珠を意味していた。インドネシアのブラゼルではよくある名前だ。彼女の名前は思い出せない。サンティだったのか、リヤンティだったのか、あるいはまったく違う名前だったかもしれない。

今は名前を思い出せないこの女をムティアラから連れ出して、私は一晩を一緒に過ごした。朝になって金を払おうとすると、財布の中のルピアが減っていることに気がついた。盗まれたのは明白だった。中身を抜き取られていた。

詰問すると、彼女は冷静に、淡々と、いささかの揺るぎもなく「知らないわ」と答えるのだった。彼女が盗んだのは明白だったのにもかかわらず、女は完全に自分が無関係であることを私に告げた。

動揺しない女の開き直った態度に、私は腹立たしく思ったのと同時に、妙な感銘も受けたのだった。彼女の名前は忘れたが、そのときの表情は忘れないだろう。したたかな女の一面を垣間見た。

その女のことが突然、脳裏を横切った。

なぜなら、カーラのことを語るシータの表情が、真実を隠すムティアラの女と、まったく同じだったからだ。真実を隠し、真相を黒い布で覆い、人々が忘却し、風の前の塵になっても明らかにしない。

めちゃめちゃにされてアグリーになったカーラについて、シータは何かを隠しているのだろうか。しかし、何を隠すというのだ？　男たちにカーラを襲うようにセッティングしたのはシータだったというのか。目ざわりだと思った女を排除したのは、他ならぬシータだったのか。

シータの表情を見て、私はそれが確信に変わった。

「金がない男は危険だ。金がない男は、金のために何でもする」

いつかシータがいった言葉を私は口にした。

するとシータはこのようにつなげた。

「悪い女は、悪い男を使う」

「君がやったのかい？」

無意識の深層が、私にいわしめた。

それを聞いたシータは、怒りもせず、驚きもしなかった。

しばらくして、シータはうなずいた。

「そうよ」

シータは、冷静で、淡々としていて、いささかの揺るぎもなかった。

「私があの髑髏タトゥーの男に金を払ってやってもらった。あの男たちはカーラの身体は好きだったけれど、カーラの性格は好きではなかったのを私は気づいていた。そして、金がない男は、金のために何でもする。カーラはあなたのことをボスに話してあなたを彼らに殴らせた。だから、私は彼らに金を払ってカーラに復讐したの」

「俺がやられたので、君が復讐してくれたのか？」

「そのとおりよ。でも、それだけじゃない。私も彼女を〝終わり〟にしたかった。カーラが死ぬと思ったけれど、カーラは死ななかった。あのときは、死ねばよかったのにと思ったわ」

　シータは氷のように冷たい目をしていた。無表情だった。しかし、このとき無表情の中にほんの少しだけ、それはほんの微細な唇の動きだったが、シータは笑みらしきものを浮かべて言葉を続けた。

「でも死ななくてよかったかもしれない。生きていたほうが苦しむから。カーラはアグリーな女は嫌いだといっていた。私のこともアグリーだといって笑ってた。でも今、彼女はゲイランで一番のアグリーになった」

「男たちに払う金はどこにあったんだ？」

「連れ込み宿の経営者の隠していた金の置き場所から盗んだ。あの経営者は酔うと何でも話すので、どこに保管しているのか前から知ってたの。奥の部屋の机の一番下の引き出しだった。銀行に預ける前に、そこに保管してた。鍵なんかすぐに壊せたわ。そして、お金を全部盗んだ。数えてみると、二千ドルくらいあった」

「バレなかったのか？」

「大丈夫。カーラの腕輪《リング》を奥の部屋の床に落として彼女のせいにした」

そういえば、いつかシータが連れ込み宿の入口で、それを拾って自分のショルダーバッグに入れたのを私は思い出した。

「あの経営者は激怒して、カーラに今すぐ金を返せといったわ。でも、カーラは知らないと怒りだした。それで、経営者は私たちのボス、ウォン・ウェイヨーに電話してカーラが盗んだ金を返せといったの。でも、ボスは俺には関係ないと断った。カーラはずっとやってないといっていたけれど、誰もそんなのは信じなかった。いつもカーラは誰かからお金を盗んでいたから」

「そのときに、君は男たちに金を渡して、カーラを〝終わり〟にしろといったのか」

「ＹＥＳ。私は男たちに、こういった。名前はいえないけど、ある人がカーラを〝終わり〟にしろといってる。これを渡せと命令された……。そう説明して彼らに二千ドルを渡したわ。男たちは、エージェントか、連れ込み宿の経営者か、どちらかがカーラを始末しろと命令したのだと勝手に考えたの」

「そうだったのか……」

「それで、カーラは男たちに〝終わり〟にされた。あの連れ込み宿の経営者は、エージェントがチンピラにやらせたと考えた。エージェントは、経営者がチンピラに金を払ってやったと考えた。私がやったとは誰も思っていなかった」

「あの髑髏タトゥーの男は誰かに密告されたのでバングラデシュに逃げ帰ったと言ったが、密告したのは君なのか？」

「そうよ。私がやったとバレないためには彼らをシンガポールから追い出す必要があった。簡単だった。警察に密告すればいい」

「カーラは、君が筋書《ストーリー》きを書いたとは思っていないのか？」

「カーラは……、あなたがやったと思ってる」

シータは静かにそういった。

カーラが私を見て異様なまでに恐怖に駆られて震えていたのを思い出す。カーラは、私が裏で筋書きを書き、チンピラに金を払ってやらせたと思っていたのだった。だから、あれほど恐怖に震えていたのだ。

　もうひとつ、私は思い出すものがあった。

「そういえば、連れ込み宿で女が首を絞められて殺されたと君はいった。その女も、君が男を操って、男に殺させたのかい？」

「そうよ。あの死んだ女も悪い女だった。カーラと同じよ。私のことをとても嫌っていた。ちょうど、そのときにある男が私のところに何度も来てたの。ジキジキのときに首を絞めるのが好きな頭のおかしな男だった。私はその男にお金を渡して、あの女の首を思いきり絞めていいといった。彼はよろこんでそうしたわ。でも、殺すとは思っていなかった」

「もう、ひとつだけ教えてくれないか？　君の夫のことだ」

　彼女はゆっくりとうなずいた。

「君の夫が兵士になったのは、君がそうなるように仕向けたのか？」

「彼は酒を飲んで私を殴っていた。毎日、毎日、彼は私を殴った。彼を〝終わり〟にするためには、そうするしかなかったの。彼は軍隊にいきたくなくて抵抗していた。

でも、彼の兄弟や、友だちや、村長に彼を説得してくれるように裏で話した。それで、夫は軍隊に入るしかなくなったわ」

　シータは静かにいった。

「それは難しい仕事ではなかった。私は妊娠していたし、お金が必要だというのはみんなわかっていた。貧しい男は、お金を手に入れるためには軍隊にいくしかない。だから、私はまわりの男たちに説得してもらって、夫を軍隊に送り込んだ。そして、彼を〝終わり〟にしたの」

　シータが夫のことを話したくない理由はここにあったのだろう。夫は彼女が意図的に死に追いやった男のひとりだったのだ。そんな男のことなんか、思い出したくもないだろう。

　そして、いつかシータが「お酒を飲む男は好きじゃない」といったのを私は思い出す。私が酒をほとんど飲まないというのを聞いて、シータは「素晴らしい」とよろこんだ。あの裏側にはそういう事情があったのだと私は理解した。

　シータは自分の家族や私には優しいが、敵対する人間には冷酷な女だった。ひとりの女の中に相反する二面性があった。たしかに、誰でもそういう二面性はあるかもしれない。しかし、彼女の場合は、復讐心を抱いたら、相手に気づかれずに裏で何かを企み、それを実行できる二面性があった。

そのとき、私はシータが私に対しても強烈な二面性があることに改めて思った。

彼女はふたりでいるときは、とても私に親愛の情を見せてくれる。

だが、彼女は外では絶対に私に対して親愛の情を見せない。

私はふたりでいるときのシータが本心だと思い込んでいる。しかし、親愛の情は、夜の女が男を操るための典型的な手段である。もともとシータは私に親愛の情などなく、ふたりでいるときの時間が演技で、外にいるときのシータが本当のシータなのかもしれない。私を操るために演技をしていたのかもしれない。

よくよく考えれば、背徳区ゲイランをうろつく得体の知れない男に、シータのような用心深い女が簡単に親愛の情など抱くものだろうか。

「悪い女は、悪い男を使う」

シータはしばしばそういった。私も悪い男のひとりに違いない。

とすれば、私もシータに操られているのだろうか。

それとも、本当にシータは親愛の情を私に持っているのだろうか。

いや、そこまで疑うべきじゃない……。

私は自分に言い聞かせるた。

しかし、私はまだシータについて知らないことが多い。彼女の内面や、思考や、葛藤について、私が知っていることは驚くほど少ない。

そう言えば、以前シータがパスポートを見せてくれたのを思い出す。シータはそれを「パスポート・カンパニーが作ったもの」と言った。

そのパスポートは「シータ」という名前ではなかった。

シータは「友だちのパスポートを借りて写真を変えてもらった」というので、記載されているは「友だちの名前だ」と説明した。たしか「リーパ」という名前だった。場合によってはそれが本名だったのかもしれないし、そうでないかもしれない。いずれにしても、シータは何重も〝裏〟を作る性格なので、名前すら変えていてもおかしくない。

そこまで考えて、ふたたび私はカーラのことを思う。カーラは私がやったと思っている。カーラは自分でそう思ったのだろうか。もしかしたら、違うかもしれない。シータは、私がやったように思わせたのかもしれない。髑髏タトゥーの男も、もしかしたら私が金を払っていると思ったのかもしれない。

おそらく、私は何ひとつ知らないのだ。

私がシータに知っているのは、彼女がゲイランに立つ女であることと、自分がこの女に抜け出せないほど深く惹かれているということと、彼女が肉体的な崩壊寸前にあるということだけだった。

ただ、ここまできた以上、何が真実なのかは今さらどうでもよかった。そんなものを知ったところで何になるのだろう。ゲイランは女たちの戦場なのだ。女たちの死屍《しかばね》が累々と重なる戦地だ。シータもそこで戦っている。

私は闇の深すぎるシータを抱きしめた。

すると、急にシータから身体の力がすべて抜けていった。

闇を抱えているシータは、気絶したかのように深い眠りに落ちていった。

壁には一匹のヤモリが這っていた……。

再開発でシンガポール・ゲイランの背徳区は縮小し続けています。この小説は全盛期だった頃のゲイランや、あの頃に出会った女性たちを追憶し、彼女たちをモデルにして、深い郷愁と愛着を込めて描写しました。

◎ 鈴木傾城のノンフィクション

ボトム・オブ・ジャパン 日本のどん底
どん底に落ちた養分たち パチンコ依存者はいかに破滅していくか？
亡国トラップ－多文化共生－：隠れ移民政策が引き起こす地獄の未来
病み、闇。ゾンビになる若者、ジョーカーになる若者

◎ ブラックアジア「売春地帯をさまよい歩いた日々」シリーズ

ブラックアジア　タイ編
ブラックアジア　カンボジア編
ブラックアジア　インドネシア編
ブラックアジア　パタヤ編
ブラックアジア　インド・バングラデシュ編
ブラックアジア　フィリピン編
ブラックアジア　外伝1
ブラックアジア　外伝2
絶対貧困の光景 夢見ることを許されない女たち

◎ 日本のアンダーグラウンド

デリヘル嬢と会う：彼女は、あなたのよく知っている人かも知れない
野良犬の女たち：ジャパン・ディープナイト
暗部に生きる女たち：デリヘル嬢という真夜中のカレイドスコープ

◎ 鈴木傾城の小説

スワイパー 1999
カリマンタン島のデズリー
コルカタ売春地帯
町田・青線地帯／グッドナイト・アイリーン
ストレッチマーク

鈴木 傾城（スズキ　ケイセイ）

作家、アルファブロガー。1966年、東京生まれ。20歳の頃にタイに旅行に行き、そのまま社会からドロップアウトする。バブル期に株式投資で資金を蓄積し、セミリタイア。以後、本格的に東南アジアの歓楽街・貧困街に沈没する生活に入り、2000年よりサイト『ブラックアジア』を主宰、カルト的な人気を得る。2009年より時事を扱うサイト『ダークネス』を立ち上げ、3年で1億PV超達成、アルファブロガーとなる。

著書『ボトム･オブ･ジャパン日本のどん底』『ブラックアジア』『絶対貧困の光景』『どん底に堕ちた養分たち』等々。『鈴木傾城の「ダークネス」メルマガ編』は、2019、2020、2022年、マネーボイス賞1位。MONEYVOICE 賞 1位。

背徳区、ゲイラン

令和 6 年（2024 年）5 月 13 日　第 1 版発行

著　者　　鈴木傾城
発行所　　四汐舎
〒 154-0022
東京都世田谷区梅丘 1-13-12 3F-10
TEL 03-5357-8218　MAIL info@kodamafanatic.com
発売所　　星雲社（共同出版社・流通責任出版社）
〒 112-0005
東京都文京区水道 1-3-30
TEL 03-3868-3275　FAX 03-3868-6588
装　丁　　クロントーイ・デザイン
印刷・製本　　シナノ印刷株式会社

ISBN　978-4-434-33877-9　C0093